LA REALIDAD
Y EL DESEO

clásicos castalia

COLECCIÓN FUNDADA POR
DON ANTONIO RODRÍGUEZ-MOÑINO

DIRECTOR
DON ALONSO ZAMORA VICENTE

Colaboradores de los volúmenes publicados:

J. L. Abellán. F. Aguilar Piñal. G. Allegra. A. Amorós. F. Anderson. R. Andioc. J. Arce. I. Arellano. E. Asensio. R. Asún. J. B. Avalle-Arce. F. Ayala. G. Azam. P. L. Barcia. G. Baudot. H. E. Bergman. B. Blanco González. A. Blecua. J. M. Blecua. L. Bonet. C. Bravo-Villasante. J. M. Cacho Blecua. M.ª J. Canellada. J. L. Cano. S. Carrasco. J. Caso González. E. Catena. B. Ciplijauskaité. A. Comas. E. Correa Calderón. C. C. de Coster. D. W. Cruickshank. C. Cuevas. B. Damiani. A. B. Dellepiane. G. Demerson. A. Dérozier. J. M.ª Díez Borque. F. J. Díez de Revenga. R. Doménech. J. Dowling. A. Duque Amusco. M. Durán. P. Elia. I. Emiliozzi. H. Ettinghausen. A. R. Fernández. R. Ferreres. M. J. Flys. I.-R. Fonquerne. E. I. Fox. V. Gaos. S. García. L. García Lorenzo. M. García-Posada. G. Gómez-Ferrer Morant. A. A. Gómez Yebra. J. González-Muela. F. González Ollé. G. B. Gybbon-Monypenny. R. Jammes. E. Jareño. P. Jauralde. R. O. Jones. J. M.ª Jover Zamora. A. D. Kossoff. T. Labarta de Chaves. M.ª J. Lacarra. J. Lafforgue. C. R. Lee. I. Lerner. J. M. Lope Blanch. F. López Estrada. L. López-Grigera. L. de Luis. F. C. R. Maldonado. N. Marín. E. Marini-Palmieri. R. Marrast. F. Martínez García. M. Mayoral. D. W. McPheeters. G. Mercadier. W. Mettmann. I. Michael. M. Mihura. J. F. Montesinos. E. S. Morby. C. Monedero. H. Montes. L. A. Murillo. R. Navarro Durán. A. Nougué. G. Orduna. B. Pallares. J. Paulino. M. A. Penella. J. Pérez. M. A. Pérez Priego. J.-L. Picoche. J. H. R. Polt. A. Prieto. A. Ramoneda. J.-P. Ressot. R. Reyes. F. Rico. D. Ridruejo. E. L. Rivers. E. Rodríguez Tordera. J. Rodríguez-Luis. J. Rodríguez Puértolas. L. Romero. J. M. Rozas. E. Rubio Cremades. F. Ruiz Ramón. C. Ruiz Silva. G. Sabat de Rivers. C. Sabor de Cortazar. F. G. Salinero. J. Sanchis-Banús. R. P. Sebold. D. S. Severin. D. L. Shaw. S. Shepard. M. Smerdou Altolaguirre. G. Sobejano. N. Spadaccini. O. Steggink. G. Stiffoni. J. Testas. A. Tordera. J. C. de Torres. I. Uría Maqua. J. M.ª Valverde. D. Villanueva. S. B. Vranich. F. Weber de Kurlat. K. Whinnom. A. N. Zahareas. A. Zamora Vicente. I. de Zuleta.

LUIS CERNUDA

LA REALIDAD Y EL DESEO

Edición,
introducción y notas
de
MIGUEL J. FLYS

SEGUNDA EDICIÓN

clásicos castalia

Madrid

Zurbano, 39 - 28010 Madrid - Tel. 319 58 57

Cubierta de Víctor Sanz

Impreso en España - Printed in Spain
Unigraf, S. A. Móstoles (Madrid)

I.S.B.N.: 84-7039-402-9
Depósito Legal: M. 27.157-1991

SUMARIO

A mi mujer Felisa, con amor.

M. J. F.

INTRODUCCIÓN
BIOGRÁFICA Y CRÍTICA

El clima cultural de los años 20

El siglo xx se abría en España bajo un signo nada prometedor. El desastre militar de 1898 acababa de cerrar el último capítulo de la triste historia de la decadencia del imperio español, un capítulo largo, escrito con sangre de discordias nacionales, fracasos militares y humillaciones en la política internacional. El panorama espiritual y cultural, con pocas excepciones, tampoco parecía augurar un futuro alentador. Frustrada la orientación hacia las tierras americanas, la vocación europea de España, tantas veces pretendida y nunca plenamente lograda, se juzgaba igualmente inalcanzable ante el espectáculo del duro juicio de historiadores europeos que, señalando a España, hablaban "de razas agónicas y de países incompetentes".[1] Y sin embargo, la semilla sembrada por el esfuerzo de unos pocos hombres que a lo largo del siglo anterior insistían en la necesidad de una regeneración de España, una regeneración de tendencia liberal y europeizante, había de germinar tercamente en las generaciones que heredaban el triste panorama. Y volvió a repetirse el milagro mítico haciendo que España renaciera de sus propias cenizas. El primer tercio del siglo xx reafirmó una vez más la pujante fuerza creadora del espíritu español.

[1] Ramiro de Maeztu, "La obra del Noventa y Ocho", *Nuevo Mundo,* 13 de julio 1913.

Reconociendo este hecho, muchos críticos subrayan el vínculo de la primera generación del siglo con las dos siguientes, llamándolas "hijos" y "nietos" del '98. En total, tres generaciones que en un breve espacio de tiempo lograron imprimir un sello indeleble en la historia cultural española y universal. Unidos a ellas quedan los nombres de la Institución Libre de Enseñanza, la Junta para Ampliación de Estudios, la *Revista de Occidente* y la Residencia de Estudiantes, núcleos en que se formaron y actuaron los hombres de estas generaciones.

La mención de las generaciones que constituyen ese tercio del siglo no lleva más intención que la de subrayar la continuidad del desarrollo cultural, sobre todo literario, en los años que preceden a la otra catástrofe, la de la guerra civil de 1936. La primera y la más obvia característica que señala este proceso regenerativo de las letras españolas es su aspecto predominantemente lírico. Este fenómeno lo observó certeramente Pedro Salinas al analizar la altura y densidad de la producción poética desde 1900, su constancia y su potencia de irradiación sobre otros géneros literarios.[2] En segundo lugar, hay que mencionar la ausencia de cualquier clase de ruptura importante en la tradición literaria, especialmente poética, desde fines del siglo pasado, desde el modernismo hasta la Generación del 27. Salvo lógicas preferencias por un autor u otro, las generaciones poéticas no protestan ni abominan de los maestros anteriores. Lo más curioso es que esta continuidad se mantenga a pesar de diversas influencias extranjeras que en distintos momentos afectan las direcciones y los estilos poéticos (y que en otros países producen profundas rupturas generacionales o estilísticas). Se trata aquí indudablemente de una tercera característica esencial, común esta vez a varios instantes de la historia literaria española: la capacidad de absorber y aclimatar elementos novedosos dentro de la tradición ge-

[2] "El signo de la literatura española del siglo XX" (artículo fechado en diciembre de 1940), en *Literatura española siglo XX*, Alianza Editorial, Madrid, 1970, pp. 34-45.

nuinamente española. Gracias a esta capacidad de seguir rumbos propios, la poesía española del siglo XX logra evitar el sensacionalismo efímero (y destructor) de manifiestos extremados y reconciliar la revolución con la tradición.

La continuidad evolutiva que acabamos de mencionar hace que los jóvenes poetas de la Generación del 27 inicien su labor en un clima de confianza y entusiasmo. Este espíritu se halla reforzado por la presencia de los maestros consagrados (sobre todo la de Juan Ramón Jiménez) a quienes respetan y admiran. Se respira un aire de optimismo y de exaltación, abierto a ideas nuevas y, a la vez, seguro en los valores de la tradición hispana.

El centro de esta actividad pujante es Madrid, capital que en los años 20 logra superar su carácter provincial de *villa* y se convierte en un hervidero de la más alta creatividad. Nadie mejor que José Moreno Villa describe este fenómeno:

> [...] en suma, que Madrid hierve, que mis amigos quieren superarse. Todos, todo un enjambre... Hay un rumor renacentista que los mantiene en vilo. ¡Qué maravilla! Durante veinte años he sentido este ritmo emulatorio, y he dicho: Así vale la pena de vivir. Un centenar de personas de primer orden trabajando con la ilusión máxima, a alta presión. ¿Qué más puede pedir un país? [3]

A ese Madrid llegan los jóvenes estudiantes, intelectuales, poetas y artistas, traban amistad íntima y desarrollan sus actividades. Sería difícil hacer la nómina de instituciones, círculos, cafés y tertulias que acogen y dan cauce a este afán creador. Hay que mencionar, no obstante, la Residencia de Estudiantes, el Ateneo y muchos lugares de reunión: el Café del Prado, la Granja El Henar y hasta la famosa taberna de Eladio. A partir de 1927, la casa de Vicente Aleixandre será otro foco, por donde pasan poe-

[3] *Vida en claro, autobiografía,* El Colegio de México, México, 1944, p. 141.

tas de la generación (y de las generaciones posteriores). En todos estos lugares se cimenta una estrecha amistad que por encima de credos poéticos constituye el nervio de la labor creadora.

Finalmente, el panorama cultural de los años 20 sería injustamente incompleto sin mencionar el gran despliegue de la labor editorial, sobre todo las revistas, que recogen y dan salida a los frutos poéticos de la Generación del 27. El puesto de honor le corresponde a la *Revista de Occidente,* fundada y dirigida por Ortega y Gasset; junto a ella, más antiguas, las revistas *Índice, La Pluma* y *España,* y más recientes, *La Gaceta Literaria* y *Cruz y Raya* completan el importantísimo grupo de revistas madrileñas en las que se consagra la generación. A partir de 1926, esta actividad editorial empieza a irradiar desde Madrid hacia todas las partes de España, fundándose una serie de importantes revistas en todas las ciudades principales: *Litoral* (Málaga), *Mediodía* (Sevilla), *Verso y prosa* (Murcia), *Gallo* (Granada), *Carmen* (Santander), *Parábola* (Burgos), *Meseta* (Valladolid) y *Manantial* (Segovia). La historia literaria de los años 20 se escribe en las páginas de estas revistas y ningún estudio serio de esa época puede dejar de señalar su inmensa contribución al florecimiento de las letras españolas.

La Generación del 27 y su credo poético

El grupo de poetas que se suele llamar la Generación del 27 (consideramos poco afortunadas otras denominaciones: generación de 1925, de 1928 o, sobre todo, generación de la Dictadura) presenta características peculiares que sólo de una manera amplia permiten definirlo como una generación. Aunque se cumple la mínima condición de coetaneidad, ni se puede hablar de caudillaje ni de rasgos comunes de técnica, estilo o temática, ni de ninguna influencia literaria decisiva. La única vinculación innegable es la de una estrecha amistad entre los hombres que constituyen el grupo. Muy acertadamente, pues, lo llama José

Luis Cano: la generación de la amistad. Esta amistad se traba en Madrid adonde acuden casi todos, por circunstancias personales o por vocación profesional, bastante antes de la iniciación poética del grupo como tal. Si consideramos a las figuras principales, veremos que, aparte de Pedro Salinas, Dámaso Alonso y Juan José Domenchina que son madrileños de nacimiento, otros (con excepción de Luis Cernuda, Emilio Prados y Manuel Altolaguirre) se establecen en la capital de una manera más o menos fija en la década anterior.

El clima cultural, la ausencia de ruptura con la literatura de las décadas anteriores y la amistad entre los poetas forman la base de la maduración poética de la generación. Jorge Guillén capta bien el espíritu de este confiado ambiente de iniciación:

> [...] ese aire común que respiran algunos amigos hasta en sus soledades, y no sólo en cafés, en tertulias. No hay programa, no hay manifiesto con agresión y defensa. Hay diálogos, cartas, comidas, paseos, amistad bajo la luz de Madrid, ciudad deliciosísima, aún Corte con augurio de República... [4]

Si bien es cierto que no existe un programa ni una técnica o temática común a los poetas de la generación, sería omisión el no señalar la presencia de varios factores estéticos que influyen, aunque sea marginalmente, en la formación poética del grupo. Las corrientes artísticas que predominan en España y en el extranjero y que se discuten en los círculos literarios de Madrid hacen mella en los jóvenes poetas y afectan sus primeros intentos creadores. El magisterio de Juan Ramón Jiménez, el debate sobre la *poesía pura* y, sobre todo, la conmoción creada por el ultraísmo dejan huella en la obra poética de la generación (más tarde, el surrealismo tentará la pluma de varios miembros del grupo).

[4] "Apéndice: lenguaje de poema, una generación", en *Lenguaje y poesía,* Alianza Editorial, Madrid, 1969, p. 192.

La filiación con Juan Ramón Jiménez era principalmente admirativa. El poeta de Moguer era maestro consagrado, el ídolo de los poetas jóvenes. Era la figura señera de las letras españolas quien patrocinó y apoyó las primeras manifestaciones del grupo. Su importancia para la Generación del 27 es de doble índole: por una parte, cimentó el entronque generacional con la lírica nacional anterior (modernismo-Bécquer-los Cancioneros); por otra, se trata del poeta que en el momento justo de la iniciación del grupo se desprende de la suntuosidad decorativa y sentimental del modernismo para evolucionar hacia una poesía depurada, sencilla (sencillo es para él "lo conseguido con los menos elementos") e intelectual, coincidiendo en cierto modo con las tendencias imperantes en el resto de Europa hacia una *poesía pura* o con los intentos renovadores del vanguardismo.

La *poesía pura,* tal como se debatía en aquel entonces en Francia, tuvo poca aceptación. Su representante principal en España, Jorge Guillén, es el primero en negar sus postulados teóricos:

> ¿Poesía pura? Aquella idea platónica no admitía realización en cuerpo concreto. Entre nosotros nadie soñó con tal pureza, nadie la deseó [...] [5]

Hubo, sí, un entusiasmo efímero por lo que estas ideas representaban en cuanto al posible logro de una poesía quintaesenciada, libre de bagaje anecdótico y sentimental (de ahí el interés y la admiración por Góngora), pero los conceptos de una especie de "álgebra de palabras" o de la fabricación de la poesía, insinuados por Paul Valéry, resultaban repugnantes a los poetas españoles, entregados a una creación inspirada y esencialmente humana.

El tercer factor, el más importante en la formación del lenguaje poético de la Generación del 27, es el ultraísmo. Como todos los *ismos* de la época, el ultraísmo irrumpe en el panorama de las letras españolas con la fuerza de

[5] *Ibid.,* p. 190.

un movimiento revolucionario, acompañado de manifiestos, reuniones más o menos tumultuosas y algunas revistas de existencia efímera (las principales eran: *Grecia, Cervantes* y *Ultra*). Relacionado vagamente con otros *ismos,* sobre todo el dadaísmo y el creacionismo, el ultraísmo se distingue por no tener un programa definido; tampoco pretende una ruptura total con el pasado (salvo su reacción negativa al agotamiento poético postrubeniano, la "bisutería poética", según Guillermo de Torre). Su único manifiesto importante, publicado en 1918 en la prensa madrileña y más tarde en *Grecia,* profesa el respeto por "la obra realizada por las grandes figuras" del pasado mientras declara "su voluntad de un arte nuevo que supla la última evolución literaria: el novecentismo". Ese "arte nuevo" queda sin definirse:

> Nuestro lema será *ultra,* y en nuestro credo cabrán todas las tendencias sin distinción, con tal que expresen un anhelo nuevo.

El ultraísmo, movimiento breve (se da por concluido en 1922), apenas produce poetas importantes, con la excepción de Gerardo Diego, miembro también de la Generación del 27. Su importancia, no obstante, se deja sentir de una manera destacada en la obra posterior. Desaparecidos pronto el uso novedoso de neologismos pseudocientíficos, la supresión de la puntuación y los juegos de distribución tipográfica de vocablos y versos, queda la característica principal, el cultivo de la imagen. Ese cultivo ayuda a desplazar la importancia de los elementos narrativos y sentimentales a un lugar insignificante, convirtiendo la imagen en el centro constitutivo del poema. Se aspira a crear nuevas síntesis, asociaciones y disociaciones mentales y comparaciones originales que reducen la lírica a su elemento más puro y primordial que es la imagen. De este modo, e independientemente, se llega a los propósitos semejantes a los que impulsan la renovación poética de Juan Ramón Jiménez o los intentos de los partidarios de la *poesía pura.*

Finalmente, tendremos que señalar la importancia del surrealismo que, aunque aparece en un momento en que la obra poética de la Generación del 27 se acerca a su plena madurez, no deja de influir en su evolución, sobre todo en los poetas más jóvenes: Federico García Lorca, Rafael Alberti, Vicente Aleixandre y Luis Cernuda. El surrealismo como escuela o movimiento integrado no se da en España, sea por poca inclinación hacia los esfuerzos colectivos (actitud típicamente española, sobre todo tratándose de un grupo de poetas plenamente formados) o el rechazo del concepto de escritura automática.[6] La técnica surrealista, en su vertiente formal, sigue la tendencia de otros *ismos* en reafirmar la importancia primordial de la imagen y la supresión de las formas poéticas tradicionales (a la que se añade aún mayor libertad en el uso del verso libre). Donde se produce una ruptura radical es en el contenido poético. Mientras las tendencias anteriores, sirviéndose de la imagen, construyen un mundo exterior, desligado del poeta (y con afirmada repulsión de lo anecdótico y lo emotivo), la corriente surrealista se centra en el mundo interior, la subconciencia, dando cabida a la más extensa irrupción de las emanaciones emotivas del *yo*. Se trata, pues, de una honda humanización de la poesía, con carácter de rebeldía frente a los valores establecidos, sean de tipo político, social o ético.

Volviendo a la Generación del 27 y su credo poético, señalábamos antes la ausencia de una técnica o temática común. Los poetas del grupo cultivan la variedad de temas y estilos según su formación o afición. Mientras algunos se inclinan hacia una poesía más depurada e intelectual (sobre todo Salinas y Guillén, llamados frecuentemente poetas-catedráticos), otros siguen una tendencia

[6] Este hecho no contradice la existencia de obras de tipo surrealista en España. Con mucha razón escribe Luis Cernuda: "El superrealismo francés obtiene con Aleixandre en España lo que no obtuvo en su tierra de origen: un gran poeta" ("Generación de 1925", *Prosa completa,* Barral Editores, Barcelona, 1975, página 429). Lo mismo se podría decir del mismo Cernuda, Alberti, o García Lorca.

popularista (Alberti, García Lorca) o entran más activamente en los movimientos contemporáneos (Gerardo Diego y, más tarde, Aleixandre y Cernuda). Todos, eso sí, participan del anhelo común de perfección técnica y del desdén por lo fácil, aunque mantienen presentes los valores humanos y rechazan los extremos esotéricos de cualquier clase. Y así, tras la apariencia exterior del culto a la imagen (más o menos desligada de la corriente discursiva), se descubre una actitud vital hondamente emotiva de los poetas y una creación inspirada en que encuentran cabida los temas eternos que preocupan al hombre. Una vez más nos interesa citar la aclaración de Jorge Guillén que apunta certeramente a esa cualidad humana de la poesía generacional:

> La realidad está representada, pero no descrita según un *parecido* inmediato. Realidad, no realismo. Y el sentimiento, sin el cual no hay poesía, no ha menester de gesticulación. Sentimiento, no sentimentalismo, que fue condenado entonces como la peor de las obscenidades. [7]

El momento central en el historial de la Generación del 27 se logra con la ocasión de la celebración del tricentenario de la muerte de Góngora, el único acto oficial en que participan casi todos los miembros del grupo. Con él culminan la vinculación personal entre los poetas y lo que Dámaso Alonso llama la "relativa homogeneización del concepto de la poesía" [8] en cuanto a su tendencia esteticista.

El entusiasmo por Góngora no debe confundirse, sin embargo, con la influencia literaria, porque Góngora no influyó directamente en nadie (salvo en algunos poemas aislados, escritos más bien como homenaje al poeta cordobés). Es, al contrario, el ambiente literario de los años 20, con su énfasis sobre *la pureza* poética, la per-

7 "Apéndice...", p. 187.

8 "Una generación poética", en *Poetas españoles contemporáneos* (3.ª edición), Ed. Gredos, Madrid, 1965, p. 157.

fección técnica y el cultivo de la metáfora, el que llama la atención sobre la poesía gongorina que se convierte así en centro de admiración y objeto de estudio. En otras palabras, es Góngora el mayor beneficiario del momento, siendo su obra rescatada del relativo olvido de los siglos anteriores.

Unos años después, se inicia un progresivo cambio en la orientación poética y cierto relajamiento de los vínculos que unen al grupo. Las razones de esta relativa desintegración son muchas. Por un lado, los poetas alcanzan su madurez creativa que les hace seguir más decididamente sus propios rumbos sin necesidad de buscar apoyo en una poética más o menos común. Por otro, la edad misma de los poetas les obliga a orientarse hacia el establecimiento de una existencia propia, individual o familiar, y una posición profesional que la permita. Y sobre todo, el cambio brusco en el clima político, nacional e internacional, les fuerza a adoptar ciertas posturas ideológicas, no siempre de orientación idéntica. Este último factor es de importancia capital, porque inicia una lenta, pero marcada, evolución hacia un mayor compromiso con los problemas políticos y sociales del país. [9] La coincidencia con el auge del surrealismo dentro y fuera de España contribuye de una manera significativa a esa evolución. Sin llegar al extremo de lo que ocurre en Francia, donde los surrealistas profesan una comprometida militancia marxista, la irrupción del lenguaje apasionado y violento del movimiento surrealista a fuerza tiene que tomar nota de la acalorada temperatura del clima político y social de España de los últimos años de la dictadura y el advenimiento de la República.

El relajamiento de los vínculos entre los miembros de la Generación del 27 no significa, empero, el fin de la

[9] Típica es la reacción de Pedro Salinas. En una encuesta sobre la relación entre la literatura y los problemas sociales, publicada en *Almanaque literario, 1935* (Madrid, Plutarco, 1935) afirma: "No sé si la literatura y el arte *deben* mantenerse al margen de las inquietudes sociales. Lo que creo es que no pueden." (p. 87).

amistad que en su momento cimentó la composición del grupo. Esta amistad continúa a lo largo de los años de la República y se extiende hasta ahora entre los miembros supervivientes. El golpe más duro lo asestó el estallido de la guerra civil en 1936, que causó la muerte trágica de Federico García Lorca y el exilio de la mayoría de los poetas (Salinas, Guillén, Alberti, Cernuda y Prados). Es por ello que muchos críticos dan por terminada la existencia de la Generación del 27 en aquel año de la tragedia nacional, afirmación que nos parece de dudoso valor. Si nos atenemos exclusivamente a la cohesión basada en la profesión de un credo poético común (por muy vago que sea), tendríamos que remontarnos hacia el año de 1928 o 1929. Si, por otro lado, y lo que nos parece más razonable, consideramos los vínculos de amistad y la labor creativa de los poetas, la Generación del 27 carece de fecha de su disolución definitiva. Por ello preferimos rehuir la actitud de imponer fechas a esta generación, salvo las impuestas ya por la inexorable realidad de la existencia humana. Tanto más si consideramos que la creación poética de los miembros del grupo no muestra en ningún momento señales de estancamiento o caída en un manierismo repetitivo, sino, al contrario, se manifiesta por una continua evolución hacia nuevas formas y contenidos de su expresión, capaces de influir en la formación de generaciones posteriores. Más que una generación, pues, en su sentido restrictivo, se trata de un grupo de poetas geniales que coinciden en un momento dado y elevan la poesía a alturas inigualadas en la historia de la literatura española.

Luis Cernuda

Octavio Paz, en su penetrante ensayo sobre la poesía de Luis Cernuda,[10] la califica de "biografía espiritual".

[10] "La palabra edificante", *Papeles de Son Armadans,* CIII, octubre, 1964, pp. 48-82, reimpreso más tarde en Derek Harris, *Luis Cernuda,* Ed. Taurus, Madrid, 1977, pp. 138-160.

Ciertamente, pocos poetas de este siglo han vertido en su obra tanta experiencia vital como lo ha hecho Luis Cernuda. No se trata, por supuesto, de una poesía narrativa o confesional, sino de una expresión quintaesenciada que, partiendo de las vivencias reales, busca una comprensión y una interpretación conceptual de las huellas anímicas que dejan y que, de una manera inevitable, modulan la percepción vital del poeta y determinan su propio vivir.[11] Estas experiencias vitales, hechos concretos o percepciones interiores, constituyen sin duda la base esencial que determina la creación poética de Luis Cernuda y que, conociéndola, nos facilita la comprensión de su obra. Su peculiaridad, como se verá más adelante, hace además que el poeta se esfuerce en todo momento a encontrarse, a definirse a sí mismo y a hallar su verdad.

Es imprescindible, por tanto, iniciar este análisis de *La realidad y el deseo* con un acercamiento a Luis Cernuda como hombre, fijando los datos esenciales de su biografía física e intentando trazar una biografía espiritual, sin perder de vista el trasfondo del mundo real en que vive y, sobre todo, contra el que lucha.[12]

Varios poetas de la Generación del 27, y especialmente los que por vocación o por necesidad desempeñan la profesión de profesores de literatura, nos han dejado sendos escritos autobiográficos narrando su vida, explicando su obra o señalando las fuentes de su inspiración. Luis Cernuda no es excepción. Todo lo contrario: sea como reacción a los juicios críticos que él consideraba injustos o, más aún, poseído del miedo de ver su obra mal entendida, o incluso deliberadamente deformada, nos ha legado varios ensayos, artículos y poemas (en prosa o en verso) que constituyen una valiosísima fuente para el conocimiento

[11] "Siempre traté de componer mis poemas a partir de un germen inicial de experiencia, enseñándome pronto la práctica que, sin aquél, el poema no parecería inevitable ni adquiriría contorno exacto y expresión precisa. ("Historial de un libro", *Prosa completa,* p. 931.)

[12] "Una constante de mi vida ha sido actuar por reacción contra el medio donde me hallaba" ("Historial...", p. 937).

humano y artístico del poeta. Entre ellos, de importancia capital son: el excelente ensayo autobiográfico y crítico "Historial de un libro" (1958), "Palabras antes de una lectura" (1935), el subjetivamente polémico *diálogo ejemplar* "El crítico, el amigo y el poeta" (1948) y varios poemas en prosa de su libro *Ocnos.*[13] Este conjunto de escritos, más numerosos testimonios de sus contemporáneos, nos permiten acercarnos a Luis Cernuda, hombre y poeta, visto por sí mismo y por los que convivían con él.

Biografía

Luis Cernuda Bidón[14] nace en Sevilla el 21 de septiembre de 1902. Su padre era natural de Puerto Rico (los abuelos paternos procedían de Galicia y de Palma de Mallorca), casado con una sevillana (con ascendencia francesa por parte del abuelo materno). Luis es el menor de la familia, con dos hermanas mayores: Amparo y Ana.

El padre, militar de profesión, ocupaba el cargo de comandante de ingenieros. El ambiente familiar en que crece Luis es como el de tantas familias burguesas del principio del siglo: tranquilo, rutinario y monótono, sin más sobresaltos que algunas mudanzas de casa. La única nota sobresaliente (y que tal vez haya podido tener alguna importancia en el desarrollo psicológico del niño) la constituye la actitud autoritaria del padre que mantiene una disciplina rígida en su hogar. Años más tarde, Luis Cernuda recrea este ambiente:

> El silencio pesado, las cortinas caídas,
> el círculo de luz sobre el mantel, solemne
> como paño de altar, y alrededor sentado
> aquel concilio familiar...

[13] Todos recogidos en el citado volumen *Prosa completa,* páginas 898-939, 871-877, 878-897 y 15-108, respectivamente. Las páginas citadas de ahora en adelante son de este volumen.

[14] El nombre completo según la inscripción de nacimiento es Luis Mateos Bernardo José Cernuda Bidón.

Era a la cabecera el padre adusto,
la madre caprichosa estaba en frente,
con la hermana mayor imposible y desdichada,
y la menor más dulce, quizá no más dichosa,
el hogar contigo mismo componiendo,
la casa familiar, el nido de los hombres,
inconsistente y rígido, tal vidrio
que todos quiebran, pero nadie dobla. [15]

El mismo poema califica al padre de "taciturno" y a la madre de "melancólica", subrayando la falta de comunicación humana en la familia ("Ojos que no miraban los ojos de los otros"). Es necesario aclarar, sin embargo, que este retrato de la familia refleja una actitud del poeta que fue endureciéndose a lo largo de los años y que, por tanto, no representa necesariamente su percepción en la niñez. Al contrario, todo parece indicar que la niñez de Luis Cernuda, si no ostensiblemente feliz, transcurre confiada y apaciblemente.

Desde niño, se desarrolla en Luis Cernuda una exquisita sensibilidad, acompañada de la tendencia a la observación y a la meditación. Tímido por naturaleza, el niño tiene pocos amigos y se siente atraído por la soledad contemplativa. [16] Le atraen la naturaleza, el silencio crepuscular y el sonido de la música, y con las sensaciones percibidas va forjándose una realidad distinta, interior:

> Entreví entonces la existencia de una realidad diferente de la percibida a diario, y ya oscuramente sentía cómo no bastaba a esa otra realidad el ser diferente, sino que algo alado y divino debía acompañarla y aureolarla, tal el nimbo trémulo que rodea un punto luminoso. [17]

[15] "La familia", en *Como quien espera el alba* (1941).

[16] Entre los muchos recuerdos de la niñez que llenan las páginas de *Ocnos,* destaca la ausencia de otros seres, mientras abundan alusiones a la soledad total.

[17] "La poesía" (*Ocnos*), p. 19.

Su primer contacto con la poesía se realiza a la edad de nueve años cuando sus hermanas le dejan leer las obras de Bécquer.[18] A pesar de la temprana edad de esta primera lectura, "algo debió quedar, depositado en la subconsciencia, para algún día, más tarde, salir a flor de ella" (pp. 898-899). Estudia Luis en el colegio de los padres escolapios y es allí, a la edad de catorce años, donde hace su primer intento de escribir poesía a instancias de su profesor de retórica, don Antonio López: "él quien me hizo escribir mis primeros versos, corrigiéndolos luego y dándome como precepto estético el que en mis temas literarios hubiera siempre un asidero plástico".[19] El elogio del maestro le causa cierta impopularidad entre los compañeros lo que le hace encerrarse más en sí mismo.

De gran importancia también es la coincidencia de este suceso con el despertar sexual de la pubertad, hecho subrayado por Cernuda mismo en su biografía.[20] Esta coincidencia de empezar a descubrirse como poeta y como homosexual consolidará más tarde su percepción radical de sentirse diferente y marginado, casi hasta el punto de fundir ambos aspectos en una inseparable característica de su ser y de su actitud frente a la sociedad.

En 1919, Luis Cernuda empieza la carrera de Derecho en la Universidad de Sevilla. Tímido, retraído y obsesionado con su problemática personal, entre remordimientos, sentimientos de culpabilidad y, al mismo tiempo, deseos

[18] En 1911, los restos de Bécquer fueron trasladados desde Madrid a Sevilla. Con esta ocasión se produce un interés renovado en el poeta. Cernuda describe este suceso en "Historial...", p. 898 y en el poema de *Ocnos,* "El poeta", p. 41.

[19] "El maestro" (*Ocnos*), p. 45.

[20] "Historial...", p. 899. En el poema "El enamorado" (*Ocnos*) se describe esta primera atracción sexual: "no lejos de ti le descubriste, para suscitar con su presencia, desde el fondo de tu ser, esa atracción ineludible, gozosa y dolorosa, por la cual el hombre, identificado más que nunca consigo mismo, deja también de pertenecerse a sí mismo... Aquella noche prendió en ti sólo una chispa del fuego en el cual más tarde debías consumirte, para renacer igual que el fénix" (p. 50).

de dicha, el joven Cernuda pasa desapercibido entre sus profesores y compañeros y muestra poco interés en sus estudios. Su profesor de literatura en el primer año es Pedro Salinas, pero no llegan a conocerse hasta mucho más tarde, cuando una revista universitaria publica unos poemas de Cernuda. Es cuando empieza la amistad entre los dos poetas. Más tarde, Salinas describirá este encuentro:

> Pero él era alumno oficial de mi clase de Literatura; mi año primero de enseñanza. Los dos novicios, él en su papel, yo en el mío. Y no le conocí, y se estuvo cerca de un año un profesor —¡y de Literatura!— delante del poeta más fino, más delicado, más elegante que le nació a Sevilla, después de Bécquer, sin saberlo.[21]

Esta amistad es decisiva en la formación de Luis Cernuda como poeta, y él mismo lo reconoce así: "No sabría decir cuánto debo a Salinas, a sus indicaciones, a su estímulo primero; apenas hubiera podido yo, en cuanto poeta, sin su ayuda, haber encontrado mi camino."[22] Siguiendo los consejos de Salinas, Cernuda intensifica su lectura de los clásicos españoles (Garcilaso, Fray Luis de León, Góngora, Lope, Quevedo y Calderón) y franceses (sobre todo Baudelaire, Mallarmé, Rimbaud y Gide). Aparte de la importancia que estas lecturas han de tener en su formación como poeta, el conocimiento de la obra de André Gide tiene un impacto decisivo en la vida personal del poeta (tan unida a su creación poética): "Me figuro que Salinas no podía suponer que con esa lectura me abría el camino para resolver, o para reconciliarme, con un problema vital mío decisivo."[23] Se trata naturalmente del problema amoroso. A través de la lectura de Gide (cuya vida, en ese sentido, ofrece cierto parecido con

[21] "Nueve o diez poetas", en Pedro Salinas, *Ensayos de literatura hispánica,* Ed. Aguilar, Madrid, 1958, p. 372.
[22] "Historial...", p. 900.
[23] "Historial...", p. 901.

la de Cernuda),[24] el poeta sevillano encuentra no sólo una reconciliación con su problema, sino también un modo de expresarlo poéticamente. De especial atracción para Cernuda resulta el personaje de Lafcadio, prototipo de un ideal hacia el que Cernuda enfocará su deseo: "[...] allí conocí a Lafcadio, y quedé enamorado de su juventud, de su gracia, de su libertad, de su osadía."[25]

Mientras tanto, a finales de 1920, muere su padre, lo que parece liberarle un tanto de las exigencias de la sociedad en que vive. Para 1924 cumple con su servicio militar (en un regimiento de Caballería), durante el cual experimenta una vez más una revelación espiritual que le empujará definitivamente hacia la poesía. El mismo Cernuda nos lo cuenta en su "Historial...":

> Hacía entonces el servicio militar y todas las tardes salía a caballo con los otros reclutas [...] una de aquellas tardes, sin transición previa, las cosas se me aparecieron como si las viera por vez primera, como si por primera vez entrara yo en comunicación con ellas, y esa visión inusitada, al mismo tiempo, provocaba en mí la urgencia expresiva, la urgencia de decir dicha experiencia. Así nació entonces toda una serie de versos, de los cuales ninguno sobrevive.[26]

La suerte parece echada y, siempre de mano de Pedro Salinas, Luis Cernuda entra en contacto con la literatura de su tiempo. En 1925 conoce a Juan Ramón Jiménez[27]

[24] "Con él su vida entera coincidía, / Toda promesa y realidad iguales..." Son los primeros versos del poema a la muerte de Gide (en *Con las horas contadas*). Luis Cernuda lo comenta en su "Historial...": "No creo que los pocos versos que escribí en 1951 ('In memoriam A. G.') al morir André Gide, puedan dar al lector cuenta bastante de cuánto significó su obra en mi vida" (p. 901).

[25] "Historial...", p. 901.

[26] Página 899.

[27] En su artículo "Los dos Juan Ramón Jiménez", describe Cernuda su entusiasmo por conocer "la presencia casi mítica del gran poeta" y el fracaso total del encuentro mismo, debido a su extremada timidez (*Prosa completa*, p. 1019). Esta admiración se convertirá más tarde en un desprecio total.

y publica sus primeros versos en *Revista de Occidente* (diciembre de 1925). Poco después, hace su primera salida a Madrid, donde entabla relaciones con varios escritores y poetas, entre ellos con Bergamín, D'Ors, Guillermo de Torre y Ortega y Gasset. De vuelta en Sevilla, donde tras unos exámenes finales obtiene su licenciatura en Derecho, trabaja intensamente en la preparación de su primer libro de poesía, *Perfil del aire,* que, por mediación de Pedro Salinas, se publica como el cuarto Suplemento de la revista malagueña *Litoral* en abril de 1927. [28] Con esta publicación, Luis Cernuda entra a formar parte de la Generación del 27. La ilusión de ver impreso su primer libro es enorme:

> Junto a mi cama, durante la noche, estuvieron los ejemplares; creo que apenas dormí, y los poetas que recuerden la aparición de su libro primero comprenderán mi desvelo. [29]

Profundamente herido por la crítica de *Perfil del aire* que le parece injusta y hostil (no sólo por insistir en la influencia de Jorge Guillén, sino también por tacharlo de poco moderno), Luis Cernuda reacciona típicamente en dirección opuesta, escribiendo lo que será la segunda parte de su obra poética, los poemas *Égloga, elegía, oda,* de tono clasicista con huellas ostensibles de Garcilaso. [30]

[28] Revista dirigida por Emilio Prados y Manuel Altolaguirre; los tres primeros Suplementos dan a luz *Canciones* de Federico García Lorca, *La amante* de Rafael Alberti y *Caracteres* de José Bergamín.

[29] "Historial...", pp. 902-903. Por otra parte, la aparición de las primeras reseñas críticas llena al poeta de una amargura que no olvidará en toda su vida.

[30] La reacción hacia lo aún menos nuevo la reconoce Cernuda en su "Historial...": "'Aquello que te censuren, cultívalo, porque eso eres tú'. No digo que esa máxima sea sabia, ni prudente, pero yo la puse en práctica poco después de publicar mi primer libro. Porque mis versos siguientes fueron, decididamente, aún menos 'nuevos' que los anteriores" (pp. 904-905).

En 1928 muere la madre del poeta. Agobiado por un ambiente provincial que le resulta enojoso, con escasos recursos económicos y con una carrera que ni le interesa ni le sirve para obtener un puesto aceptable (en un momento considera la posibilidad de opositar para Secretario de Ayuntamiento, pero la desecha pronto), Luis Cernuda vende la casa y, tras una brevísima estancia en Málaga, se marcha a Madrid. Ya no volverá nunca a su ciudad nativa.

En Madrid, trabaja en la librería de León Sánchez Cuesta. Se siente satisfecho y participa en la vida literaria de la capital (sobre todo en el marco cultural de la Residencia de Estudiantes), trabando amistad con otros poetas, especialmente con Vicente Aleixandre. Pero su estancia en Madrid es breve. Pedro Salinas le gestiona un puesto de lector de español en la Ecole Normale de Toulouse y sale para Francia al mes de establecerse en Madrid, quedándose allí hasta el verano siguiente (1929). El trabajo de lector, dada su timidez, no le resulta ni fácil ni grato, pero sí la residencia en Francia y la posibilidad de viajar a París. Se intensifica su antigua afición al cine y a la música *jazz*. De importancia capital es su interés y lectura de los poetas surrealistas que le sugieren la forma ideal para expresar lo más hondo de su naturaleza: sus sentimientos, su rebeldía y su protesta contra la realidad burguesa.

Es en Toulouse donde empieza a escribir su tercer libro *Un río, un amor,* de marcada influencia surrealista. Lo termina de regreso en Madrid, donde fija su residencia hasta 1936. El intento fracasado de conseguir un lectorado en Oxford (se lo dan a Dámaso Alonso) y el caos político reinante en España (la caída de la dictadura de Primo de Rivera y el resentimiento nacional contra el rey y la monarquía), agudizan su espíritu de oposición y rebeldía contra la sociedad y sus normas (sobre todo ético-morales). Testimonios de este exacerbamiento espiritual son el siguiente libro poético (y su título), *Los placeres prohibidos* (escrito en 1931) y el texto que envía a Gerardo Diego en 1932 para su antología de la poesía española, donde dice:

> No valía la pena de ir poco a poco olvidando la realidad para que ahora fuese a recordarla, y ante qué gentes. La detesto como detesto todo lo que a ella pertenece: mis amigos, mi familia, mi país.
>
> No sé nada, no quiero nada, no espero nada. Y si aún pudiera esperar algo, sólo sería morir allí donde no hubiese penetrado aún esta grotesca civilización que envanece a los hombres.

Tras un año de inactividad creativa y tras una triste aventura sentimental, la voz poética de Luis Cernuda abandona las fórmulas surrealistas y busca un nuevo acercamiento a la poesía más tradicional e íntima de su primer inspirador: Gustavo Adolfo Bécquer. *Donde habite el olvido* (escrito en 1932-1933 y publicado en 1934) es el quinto libro poético de Luis Cernuda (segundo publicado, si exceptuamos una breve antología propia que con título de *La invitación a la poesía* apareció en 1933).

Los últimos años de su vida en Madrid, sigue trabajando algún tiempo en la librería de Sánchez Cuesta, pero su actividad se encamina más hacia la colaboración en varias revistas. Participa también en las empresas culturales como Misiones Pedagógicas, dando conferencias en los pueblos de España. Seguramente por invitación de Rafael Alberti, se une al grupo editorial de la revista *Octubre,* y proclama desde sus páginas su adhesión al comunismo, manifiesto vago y poco convincente, dado su desinterés por la política. En 1934 empieza a escribir su siguiente libro *Invocaciones a las gracias del mundo,* donde aparece (en sus últimos poemas) la influencia del poeta alemán Hölderlin, a quien lee y traduce en cooperación con Hans Gebser, poeta alemán que reside en Madrid. A principios de 1936, publica el poema *El joven marino* en la colección "Héroe", dirigida por Manuel Altolaguirre.

La escasa oportunidad de publicar sus obras (recordemos que sólo dos libros completos se editan antes de 1936), que se traduce en cierto desconocimiento del poeta por parte del público lector, le sugiere a Luis Cernuda la idea de reunir toda su obra poética en un volumen. Esta idea le permite también eliminar o corregir la parte de los poemas (sobre todo los de *Perfil del aire*) que no le satisfacen o que no corresponden ya a su orientación personal o estilística. Aceptada por José Bergamín, se realiza así la primera edición de sus obras completas que, con el título general de *La realidad y el deseo,* sale en las ediciones de "Cruz y Raya" el 1 de abril de 1936. Con esta publicación culmina el primer ciclo del quehacer poético de Luis Cernuda, sin duda el mejor y el más coherente fruto de su *biografía espiritual.* El mundo literario de Madrid le tributa su homenaje; en el brindis del banquete, celebrado el 21 de abril, declara Federico García Lorca:

> No me equivoco. No nos equivocamos. Saludemos con fe a Luis Cernuda. Saludemos a *La realidad y el deseo* como uno de los mejores libros de poesía actual de España.[31]

* * *

La gran oportunidad de ganar el merecido reconocimiento en todo el país se frustra una vez más al estallar la guerra civil en España tres meses más tarde. Este acontecimiento le sorprende al poeta en París, donde pasa unos meses como secretario del embajador Alvaro de Albornoz. Aún vuelve a España, residiendo en Madrid y más tarde en Valencia hasta febrero de 1938, cuando, invitado a dar un ciclo de conferencias en Inglaterra, sale del país para no volver nunca más. Empieza así el exilio de Luis Cernuda, un peregrinaje solitario por las universidades de Inglaterra (1938-1946) y los Estados Unidos (1947-1963), con frecuentes residencias en México, donde muere el 5 de noviembre de 1963. Amargado y frustrado, con la herida viva aún de su primer desengaño, el último poema suyo (de 1962) lo dirige "A sus paisanos":

[31] El brindis, parte de un trabajo leído en el homenaje, se publica en el diario *El Sol,* 21 de abril de 1936.

No me queréis, lo sé, y que os molesta
cuanto escribo. ¿Os molesta? Os ofende.
¿Culpa mía tal vez o es de vosotros?
Porque no es la persona y su leyenda
lo que ahí, allegados a mí, atrás os vuelve.
Mozo, bien mozo era, cuando no había brotado
leyenda alguna, caisteis sobre un libro
primerizo lo mismo que su autor: yo, mi primer
[libro.
Algo os ofende, porque sí, en el hombre y su tarea.

... ...

Contra vosotros y esa vuestra ignorancia voluntaria,
vivo aún, sé y puedo, si así quiero, defenderme.
Pero aguardáis al día cuando ya no me encuentre
aquí. Y entonces la ignorancia,
la indiferencia y el olvido, vuestras armas
de siempre, sobre mí caerán, como la piedra,
cubriéndome por fin, lo mismo que cubristeis
a otros que, superiores a mí, esa ignorancia vuestra
precipitó en la nada, como al gran Aldana.

Retrato del poeta

Tenía el pelo negro, de un negro definitivo, partido en raya, con hebra suelta y lisa sobre su cabeza. La tez, pálida; escueta la cara, con el pómulo insinuado bajo la piel andaluza. Dominaban allí unos ojos oscuros y un poco retrasados, tan pronto fijos, tan pronto vagos y renunciadores.

Con estas palabras describe Vicente Aleixandre a Luis Cernuda, recordando su primer encuentro con él en octubre de 1928.[32] Retratos parecidos los encontramos en varios contemporáneos del poeta sevillano; el que completa la descripción del aspecto físico es el recuerdo de Juan Gil-Albert que evoca, años más tarde también, su impresión de Cernuda (de hacia 1936):

[32] "Luis Cernuda", en *Los encuentros,* Ed. Guadarrama, Madrid, 1958, p. 139.

> Era esbelto, cenceño, de atezada piel, con negro pelo ceñido cual un casquete a la cabeza —como lo seguían llevando los lechuguinos del gran mundo—, y la nariz acusadamente respingona sobre un pequeño bigote retocado. [33]

Todos los retratos insisten en dos aspectos: uno exterior, referente a la indumentaria, y otro interior, que trata del carácter de Luis Cernuda. José Moreno Villa resume sucintamente ambos aspectos:

> Era entonces un jovencillo fino y tímido, muy atildado y muy triste. Sufría con las cosas materiales y con las de relación humana. Dicen que lloraba delante de los escaparates de prendas de vestir porque no podía comprarse unas camisas de seda; pero, desde luego, yo le he visto casi llorar por no tener amigos ni nadie que le quisiese. [34]

El gusto por vestir bien nos lo manifiesta el mismo Cernuda en muchas ocasiones, sobre todo en su epistolario. Moreno Villa, en la continuación de la cita anterior, lo recuerda:

> con sus zapatos gruesos ingleses revestidos de botines blancos, su traje sin arrugas, muy planchado, su camisa limpia y con buena corbata, su buen sombrero verdoso y sus recios guantes.

Adriano del Valle le conoce en Huelva en 1934, cuando el poeta viaja con Misiones Pedagógicas:

> Ya entonces usaba el monóculo y este pormenor de elegancia centroeuropea trasnochada acentuaba más la estricta corrección de sus finos modales suntuarios. [35]

Parece que este esmero en el vestir lo cultiva Cernuda no tanto para atraer la atención de los demás, como para

[33] Cito la versión nuevamente redactada para la edición de Derek Harris, *Luis Cernuda,* Ed. Taurus, Madrid, 1977, p. 22.
[34] *Vida en claro...,* p. 148. El recuerdo es de los primeros años de la residencia de Cernuda en Madrid.
[35] "Oscura noticia de Luis Cernuda", *Cántico,* 9-10 (agosto-noviembre, 1955).

ocultar detrás de él su timidez y su soledad. Nadie mejor entrevé esta relación entre lo exterior y lo interior que Pedro Salinas a quien pertenece una de las descripciones más agudas (y que más disgustó a Cernuda) de la personalidad del poeta:

> Difícil de conocer. Delicado, pudorosísimo, guardándose su intimidad para él solo, y para las abejas de su poesía que van y vienen trajinando allí dentro —sin querer más jardín— haciendo su miel. La afición suya, el aliño de su persona, el traje de buen corte, el pelo bien planchado, esos nudos de corbata perfectos, no es más que deseo de ocultarse, muralla del tímido, burladero del toro malo de la atención pública.
>
> Por dentro, cristal. Porque es el más *licenciado Vidriera* de todos, el que más aparta la gente de sí, por temor de que le rompan algo, el más extraño. [36]

Estos y otros retratos parecidos crean lo que se ha venido llamando "la leyenda" de Luis Cernuda como hombre tímido, retraído, huraño e incapaz de mantener relaciones humanas satisfactorias. Es la leyenda (y hay que añadir que el poeta mismo contribuye mucho a su creación, no sólo con su conducta, sino también en sus escritos) a la que se refiere Cernuda en la primera estrofa del poema "A sus paisanos" que acabamos de citar y que continúa con los versos:

> ¿Mi leyenda dije? Tristes cuentos
> inventados de mí por cuatro amigos
> (¿amigos?), que jamás quisisteis
> ni ocasión buscasteis de ver si acomodan
> a la persona misma así traspuesta.
> Mas vuestra mala fe los ha aceptado.
> Hecha está la leyenda... [37]

[36] "Nueve o diez poetas", p. 373.

[37] Derek Harris en su excelente estudio *Luis Cernuda. A Study of the Poetry* (Ed. Támesis, Londres, 1973) identifica a los cuatro amigos: Juan Ramón Jiménez, Pedro Salinas, Vicente Aleixandre y José Moreno Villa. Irónicamente los tres primeros son los que más estimaron y ayudaron al poeta.

"La leyenda", que llegó a influir también no pocos juicios críticos de la poesía de Cernuda, está radicada, sin duda, en el carácter difícil del poeta. "Carácter es destino", es la máxima que Cernuda hace suya (es la frase con que concluye su ensayo autobiográfico "Historial de un libro") y la que determina el curso de su vida. Sin pretender un estudio psicológico, la trayectoria vital de Luis Cernuda parece seguir una línea recta y necesariamente fatal. Tímido por naturaleza, educado en un ambiente rígido de definidos (e inviolables) valores religiosos, cívicos y morales, su fina sensibilidad choca en su adolescencia simultáneamente contra la impopularidad de su vocación poética y su tendencia sexual, inadmisible en la sociedad. El choque, sobre todo en su segundo aspecto, produce al principio un sentimiento de culpabilidad y vergüenza. Su trato con otras personas se hace cada vez más difícil; con las mujeres, imposible. Ya como recuerdo de la niñez, nos describe su "temor infantil" al pasar junto a una prostituta en una mañana de invierno, camino del colegio.[38] De su encuentro con Juan Ramón Jiménez (véase nota 27) recuerda que la presencia de Zenobia Camprubí "dada la timidez ya indicada y una falta de curiosidad e interés hacia la mujer, en cuanto mujer, de la que yo no me había dado aún cuenta clara, hicieron todavía más enojosa mi situación". Y en una carta a Jorge Guillén desde Toulouse (15-XI-1928), la reacción negativa ante la mujer llega al extremo:

> Y yo, que siempre tuve alguna dificultad en creer que una muchacha y yo, opuestos, claro está, coincidíamos en lo humano, aquí lo encuentro aún más absurdo. No puedo evitar, cuando veo, oigo, ahora una mujer, ese temor instintivo del que entra en la casa de fieras...[39]

El resultado de esta situación es el progresivo retraimiento y aislamiento del poeta. Se encuentra en una socie-

[38] "El vicio" (*Ocnos*), p. 35.

[39] "Cartas de Luis Cernuda a Jorge Guillén", publicado por Derek Harris en *Ínsula,* XXVIII, 324 (noviembre 1973).

dad a la que no se siente pertenecer y a la que instintivamente repudia. Sólo a través de la lectura de André Gide, Luis Cernuda logra imponerse a su depresión espiritual, aceptando su destino de ser diferente y marginado. Gracias a Gide, el poeta tiene el valor de reconocerse homosexual ("Gide lo animó a llamar las cosas por su nombre", dice Octavio Paz [40], y de aquí el título de uno de sus libros *Los placeres prohibidos*) y de reconciliarse con esta idea, abriendo así el camino a una consciente liberación personal. En este sentido, Luis Cernuda elige la derrota social para mantenerse fiel a su auténtico ser, consiguiendo así una victoria moral propia y la salvedad de su integridad individual, a pesar de las consecuencias que esta decisión pudiera aportar. El mismo poeta lo explicará más tarde: "Yo no me hice, y sólo he tratado, como todo hombre, de hallar mi verdad, la mía, que no será mejor ni peor que la de los otros, sino sólo diferente." [41]

Hallar *su verdad* y afirmarla públicamente (a través de su poesía) supone confrontar unos valores propios con los de la sociedad, en todas sus ramificaciones. Es difícil conjeturar lo que hubiera sido la vida y la obra de Cernuda en medio de una sociedad más tolerante (como la de hoy). Pero en su época, los valores de uno y de la otra implican un inevitable choque violento. Más aún si consideramos el carácter de Luis Cernuda que actúa por reacción (recuérdese su propia declaración: "Una constante de mi vida ha sido actuar por reacción contra el medio donde me hallaba", nota 12). Inevitablemente, por tanto, el poeta, en defensa de *su verdad,* opone sus valores a los de la sociedad, desmantelando uno a uno los conceptos consagrados (sociales, religiosos y morales), lo que le sume aún más en un aislamiento (ahora plenamente aceptado y orgulloso) irremediable y amargado. El deseo, deseo erótico, más aún, *su* deseo erótico, por ser el que más ofende a la sociedad, se erige así en el tema principal de su acti-

[40] "La palabra edificante."
[41] "Historial...", p. 937.

tud desafiante. Frente a la realidad, su deseo, aunque imposible y frustrado: éste es el sentido más profundo del título de su obra completa.

* * *

La amargura desafiante de Luis Cernuda se acerba tras su exilio a raíz de la guerra civil española, manifestándose en ataques violentos contra todo relacionado con su pasado (sus amigos, su religión y su patria):

Si yo soy español, lo soy
a la manera de aquellos que no pueden
ser otra cosa: y entre todas las cargas
que, al nacer yo, el destino pusiera
sobre mí, ha sido ésa la más dura. [42]

¿Desengaño? ¿Orgullo herido? En el fondo, creemos, se trata de un último grito desafiante, reacción fulminante del que se sintió injustamente incomprendido y marginado. Confesión tal vez de un fracaso total en su búsqueda de integración en un mundo en que se siente extraño: "No conozco a los hombres. Años llevo / de buscarles y huirles sin remedio." [43] El exilio político es más que la última etapa en la vida de un hombre genial condenado al fracaso por mantenerse fiel a su destino. En palabras de Gastón Baquero, su vida fue "el largo peregrinar de aquel que mucho antes de 1936 ya se sentía desterrado, ya estaba en un exilio de naturaleza mucho más trágica y dolorosa que el exilio político". [44] Acaso la definición más exacta de este exilio sea la de Cernuda mismo que, basándose en la imagen de la expulsión bíblica del paraíso, afirmó: "Pero terminó la niñez y caí en el mundo." [45]

42 "Díptico español, I", del libro *Desolación de la quimera.*

43 "A un poeta futuro" del libro *Como quien espera el alba.*

44 "La poesía de Luis Cernuda", en *Darío, Cernuda y otros temas poéticos,* Ed. Nacional, Madrid, 1969, pp. 158-159.

45 "Escrito en el agua" (*Ocnos*), p. 107. Poema en prosa, publicado en la primera edición de *Ocnos* (Londres, 1942), pero suprimido por el poeta en las ediciones siguientes.

La obra poética (1925-1936)

En abril de 1936 se publica en Madrid la primera edición de *La realidad y el deseo* de Luis Cernuda.[46] Contiene esta edición la obra poética escrita con anterioridad al exilio del poeta, causado por el estallido de la guerra civil española, y se divide en seis partes: *Primeras poesías* (versión muy reelaborada de *Perfil del aire,* publicado como libro en 1927), *Égloga, elegía, oda* (poemas escritos en 1927-1928), *Un río, un amor* (escrito en 1929), *Los placeres prohibidos* (de 1931), *Donde habite el olvido* (1932-1933; publicado como libro en 1934) e *Invocaciones a las gracias del mundo* (1934-1935, del que un poema, "El joven marino", se publicó por separado en el mismo año de 1936).[47]

Representa esta edición la colección completa (preparada y autorizada por el poeta) de la poesía escrita entre 1925 y 1935, que constituye el primer período de la creación poética del autor sevillano. Se trata de un ciclo completo en el que la voz poética de Luis Cernuda produce el fruto más logrado, coherente y unitario de toda su obra.[48]

Anteriormente aludíamos ya a la definición que Octavio Paz da de la poesía cernudiana (sobre todo la del primer

[46] En total habrá cuatro ediciones, aumentada cada una con la obra posterior: 2.ª edición, México, 1940; 3.ª edición, México, 1958; 4.ª edición, México, 1964 (edición póstuma). En 1973, Barral Editores (Barcelona) publican *Poesía completa,* a cargo de Derek Harris y Luis Maristany (2.ª edición, revisada y corregida, 1977).

[47] No se señalan aquí poemas sueltos publicados en revistas y antologías. El lector puede hallar estos datos en las notas de la edición crítica que sigue.

[48] Esta afirmación, sin negar el valor indudable de la poesía posterior, en ocasiones igualmente lograda o aún superior, la comparte, creemos, la mayoría de los críticos. Hay, naturalmente, quienes se inclinan a favor del período del exilio, aunque con razones, a nuestro parecer, no siempre estilísticas, citando sobre todo el enriquecimiento temático (personal, social y político) y la mayor sencillez, mayoritaria, del lenguaje poético.

período): "Así, *La realidad y el deseo* puede verse como una biografía espiritual, sucesión de momentos vividos y reflexión sobre esas experiencias vitales. De ahí su carácter moral." [49] Siguiendo esta exposición, el insigne poeta y crítico mexicano se hace una pregunta y la contesta confirmando una característica esencial de la poesía de Luis Cernuda:

> ¿Puede ser poética una biografía? Sólo a condición de que las anécdotas se trasmuten en poemas, es decir, sólo si los hechos y las fechas dejan de ser historia y se vuelven ejemplares [...] O sea: mito, argumento ideal y fábula real.

Esta trasmutación se produce de una manera cabal en la poesía de Luis Cernuda. La autenticidad de las fuentes de inspiración ("Siempre traté de componer mis poemas a partir de un germen inicial de experiencia...", véase nota 11) y la sinceridad de la meditación del poeta acerca de su naturaleza y significado, hallan siempre una voz acrisolada de tono y contenido universal, donde lo anecdótico y lo sentimental desaparecen para dejar paso a la configuración del mito de un hombre que busca la verdad profunda de su destino existencial. La trayectoria de este proceso, que va desde lo inmediato real, las experiencias vividas, y llega, tras una reflexión analizadora, a lo ejemplar eterno, es el camino que recorre Luis Cernuda con una entrega completa para hallar su verdad íntima y comunicarla al lector. En este sentido, su poesía va inseparablemente unida a su vida, que la explica y le da autenticidad. Las páginas anteriores de esta introducción han intentado, por tanto, situar al lector en la perspectiva necesaria para adentrarse en la comprensión y el análisis de la obra poética de Luis Cernuda.

El concepto fundamental que ilumina el acceso a la poesía cernudiana es el de *la otredad*. La conciencia de

[49] Véase, nota 10.

sentirse *otro,* o sea, diferente de los demás, aparece ya en la adolescencia. Sus ejes principales los constituyen su vocación poética y su homosexualidad, ambos descubiertos casi simultáneamente en el período formativo y ambos causantes de su marginación. La relación entre los dos se va profundizando al correr de los años hasta el punto de constituir una especie de simbiosis psíquica, no sólo definidora de su personalidad, sino también funcional en su exteriorización. El esfuerzo por hallar *su verdad* y por reconciliarse con su homosexualidad encuentra en la poesía el vehículo ideal de cristalización de la conciencia y de su expresión. Si añadimos a ello el otro rasgo característico de Luis Cernuda, el de actuar por reacción contra el medio en que se halla (véase nota 12), comprenderemos cómo su obra poética se centra y se radicaliza en torno a este concepto de *la otredad* y sus causas.

Otro aspecto sumamente importante también es la soledad. Al sentirse otro, diferente y marginado, pero al mismo tiempo tenazmente agarrado a su otredad, por ser *su verdad,* el poeta se ve forzado a contemplar la realidad circundante y hasta su propia realidad desde la soledad: "Entre los otros y tú, entre el amor y tú, entre la vida y tú, está la soledad." [50] La soledad es, pues, una constante de la vida y de la poesía cernudiana, una constante elegida y aceptada, ya que el poeta no pretende evadirse de su aislamiento. Entre varios temas secundarios que se repiten en todos los libros destacan las imágenes relacionadas con la soledad: vaciedad, ausencia, olvido, lejanía, fugacidad del tiempo y de las cosas, etc. El tono predominante en muchos poemas es el de indolencia, languidez o tedio, sensaciones derivadas de la soledad. Incluso el concepto del *muro,* acaso el motivo más característico de la poesía de Cernuda, aparte de lo que representa como símbolo de la frustración de los deseos, aparece con frecuencia como fortaleza defensiva, protectora de su soledad.

[50] "La soledad" (*Ocnos*), p. 90.

La búsqueda de *su verdad* y el deseo de defenderla a toda costa ante una sociedad hostil hacen que el tema principal, en realidad el único, de toda la poesía de Luis Cernuda sea el amor; [51] de él parten todos los demás temas que encontramos en las páginas poéticas a lo largo de los años. Y no se trata sólo de un tema; teniendo en cuenta el carácter biográfico de esta poesía, podemos afirmar que el amor para Cernuda es la única realidad que justifica su existencia, la obsesión total que se sobrepone a todas las demás realidades. El amor en Cernuda no es, sin embargo, este sentimiento impreciso que inspira tantas páginas de lo que llamamos poesía amorosa. El amor es una pasión cuya aspiración única es la posesión a través de un acto erótico. Y, además, es un amor homosexual que implica necesariamente una ruptura con el convencionalismo social, justificándose sólo en una hipotética unión con el mundo natural.

> Todo lo que vive, por el hecho de vivir, está dentro de lo natural, y en cuanto natural, es normal. Es la costumbre, vulgar y justamente llamada segunda naturaleza, la que impide verlo así [...] Si la costumbre no lo ocultara, debería reconocerse que muchas veces el amor normal es o puede ser igualmente perverso; que no es el objeto del sentimiento amoroso lo que califica o descalifica a éste, sino que es el sujeto de tal sentimiento quien le confiere dignidad, aunque anormal su objeto, y abyección aunque normal. [52]

Cerrar los ojos al evidente homosexualismo de Luis Cernuda o querer paliar su naturaleza e importancia, como lo pretenden varios comentaristas de la poesía cernudiana, es no comprender el significado de su obra ni la raíz más

[51] Desde luego lo es durante el primer período, objeto de nuestro estudio, y así lo reconoce la mayoría de los críticos. Más tarde, en el exilio, el predominio del tema amoroso sigue patente, pero entran también otros temas relacionados con el destierro.

[52] "André Gide", ensayo de Cernuda que data de 1946, *Prosa completa,* p. 832.

profunda de su inspiración: el esfuerzo del poeta por "hallar mi verdad, la mía, que no será mejor ni peor que la de los otros, sino sólo diferente" (véase nota 41). Pero entiéndase bien: en ningún momento intenta Luis Cernuda justificar o defender la realidad homosexual en el orden social (que, además, no le importa en absoluto). Su poesía es sencillamente la exaltación de la pasión erótica universal, como la única fuerza liberadora del hombre y que sólo en su caso particular es de tipo homosexual. Desde las insinuaciones tímidas de sus *Primeras poesías* hasta los últimos años de su vida, proclama Luis Cernuda la primacía del amor erótico como medio de transcender la mezquindad del mundo visible y lograr comunión con una realidad superior. Citaremos tan sólo un ejemplo donde condensa el poeta la identificación del sentimiento amoroso como la razón única de la existencia:

> Libertad no conozco sino la libertad de estar preso en
> [alguien
> cuyo nombre no puedo oír sin escalofrío;
> alguien por quien me olvido de esta existencia mez-
> [quina,
> por quien el día y la noche son para mí lo que quiera,
> y mi cuerpo y espíritu flotan en su cuerpo y espíritu,
> como leños perdidos que el mar anega o levanta,
> libremente, con la libertad del amor,
> la única libertad que me exalta,
> la única libertad porque muero.
>
> Tú justificas mi existencia.
> Si no te conozco, no he vivido;
> si muero sin conocerte, no muero, porque no he vi-
> [vido.[53]

Se podrían citar muchos poemas en que Luis Cernuda expresa de una manera semejante esta total obsesión con la pasión sexual como la realidad profunda de su existencia y el tema exclusivo de su poesía. Años más tarde (en

[53] "Si el hombre pudiera decir", p. 151.

1956), el poeta la describe en términos de un concepto más amplio, que él define como *el acorde* y que implica un intento de lograr una unión cuasimística con la creación (concepto plenamente anticipado en "Palabras antes de una lectura", de 1935) a través de la "prefiguración sexual":

> [...] nada puedes percibir, querer ni entender si no entra en ti primero por el sexo, de ahí al corazón y luego a la mente. Por eso tu experiencia, tu acorde místico, comienza como una prefiguración sexual. Pero no es posible buscarlo ni provocarlo a voluntad; se da cuando y como él quiere. Borrando lo que llaman otredad, eres, gracias a él, uno con el mundo, eres el mundo. [54]

Creemos que la idea expresada en esta cita es esencial y constituye la clave para el acercamiento a la poesía cernudiana, no sólo como la definición tajante de la importancia de la sexualidad en la inspiración poética, sino también como el análisis del proceso en que una experiencia vital llega a cuajar en un poema. Percepción-querencia-entendimiento son las tres etapas en las que una vivencia se purifica gradualmente de sus elementos anecdóticos y sentimentales para convertirse en una aquilatada imagen mental, distante ya del hecho inicial que la provocara. Dicho de otro modo, la realidad, desmaterializada, se expresa en términos de una pasión ya universal y, a su vez, la pasión, frenada y controlada por la austeridad del pensamiento, se hace objetiva y ejemplar. Esta es justamente la base de la trasmutación en mito a la que alude Octavio Paz.

La pasión amorosa pretende lograr la posesión del cuerpo amado. Esta pretensión se manifiesta a través del *deseo,* otro concepto clave de la poesía cernudiana. El deseo es una fuerza natural que define al hombre como individuo y que, al mismo tiempo, le enfrenta con la realidad, le pone delante de ella. La posesión de la rea-

[54] "El acorde" (*Ocnos*), p. 104.

lidad amada es por necesidad efímera e imperfecta, muchas veces imposible; el deseo es constante y firme. Mientras que la realidad varía de un momento a otro, el deseo permanece idéntico en su esencia. La realidad se halla subyugada y coartada por leyes y convenciones erigidas por la sociedad, mientras el deseo es libre y no reconoce límites. El conflicto entre los dos es inevitable en cada caso y la historia de su devenir cotidiano es lo que da el título a la obra poética de Luis Cernuda.

Entre todos los conflictos señalados, ninguno tan violentamente decepcionante como la posesión erótica del objeto del deseo sexual. Por un lado, la naturaleza de este deseo es la causa de la marginación del poeta, de su *otredad*. Para defender su derecho al placer erótico, el poeta se ve obligado a combatir las fuerzas de la sociedad que intentan prohibirlo y que levantan el muro que dificulta el acceso a esta realidad deseada (de ahí sus ataques al amor institucionalizado y a la religión cristiana). Pero este conflicto entre el deseo y la realidad social es algo que el poeta acepta de antemano. Hay, sin embargo, otro conflicto, mucho más trágico y sin remedio, y es el conflicto interior entre el deseo de posesión total y la imposibilidad de lograrla. En otras palabras, la tragedia íntima de Luis Cernuda está en el hecho de que lo que él defiende, le falla. La posesión pide entrega total por parte del objeto del deseo, pero tal entrega (que supondría la aniquilación del amado) ni es posible humanamente ni es consentida por el amado que pretende una posesión también en un esfuerzo de dirección opuesta. La frustración irremediable parte así de la misma naturaleza conflictiva del deseo: el deseo busca una posesión erótica (física y efímera), pero no se satisface con ella sino que anhela una posesión absoluta (espiritual y eterna) que es del todo imposible, como lo es el querer fijar lo efímero, o sea, dar eternidad a lo temporal.

La única alternativa posible es intentar fijar la realidad del amor dentro de la realidad de un poema, captar el instante fugaz y eternizarlo a través de la palabra. Pero así no es el amor, es el recuerdo del amor lo que queda.

Es el amor *que era,* o sea, la memoria del amor. El trágico conflicto entre la realidad inalcanzable y el deseo insatisfecho, en que se consume la vida del poeta, ha dejado atormentadas páginas de poesía donde, en un ciclo completo, encontramos *memoria* de las expectaciones adolescentes, del placer efímero, de la frustración definitiva que busca el olvido y hasta el olvido del olvido que es la muerte. Es la *biografía espiritual* de Luis Cernuda.

"Primeras poesías"

> *Perfil del aire* es el libro de un adolescente, aún más adolescente de lo que era mi edad al componerlo, lleno de afanes no del todo conscientes, melancólico, precisamente por la impotencia en que me hallaba para satisfacer esos afanes [...] [55]

Con estas palabras describe Luis Cernuda su primer libro poético que, extensamente refundido y con el título de *Primeras poesías,* constituye la primera parte de *La realidad y el deseo.* [56] Es forzoso aclarar que, dado el enfoque de este estudio, tenemos que considerar *Primeras poesías* como una *biografía espiritual* adulterada que no coincide totalmente con la imagen del joven poeta que se asoma de la versión original del libro. La refundición que se hizo hacia 1935 conserva, eso sí, el reflejo de las inquietudes juveniles que presagian la postura espiritual del poeta maduro, pero elimina retrospectivamente aquellas otras que no respondían ya a *la verdad* hallada durante los años que separan las dos versiones. No se trata, pues, de una falsificación de la imagen que queda, sino de la supresión de varios aspectos temáticos y emotivos

[55] "Historial...", p. 904.

[56] La diferencia entre los dos libros, en breve, consiste en la supresión de diez poemas, la adición de cuatro, el cambio en el orden en que aparecen y correcciones, a veces muy sustanciales, en el texto.

abandonados en el proceso de maduración del poeta.[57] Con ello, la *biografía* de este primer momento creativo queda incompleta, pero, por otro lado, se ajusta más a la imagen esencial de lo que será definitivamente la trayectoria espiritual de Luis Cernuda.

El escenario que se abre al lector en los poemas de este libro ofrece poca variedad: un cuarto solitario, casi siempre oscuro, una lámpara y una ventana que da al exterior. Fuera, el paisaje aún más escueto: apenas se divisa la forma de algún árbol. Predomina la hora crepuscular, que contribuye a la imprecisión de formas, y el ambiente otoñal: hojas caídas, nubes, frío, niebla. El cuarto mismo se describe únicamente con el término de *muros,* lo que produce sensación de frialdad y aislamiento.[58] Dentro del cuarto, un joven solitario: el poeta. El tono general es de una melancolía total, subrayada acumulativamente con expresiones de calma, hastío e indolencia: "la indolencia presente", "calma vacía", "ingrá-

[57] No importa aquí que las razones inmediatas que movieron al autor hacia la refundición del texto original hayan sido, por lo menos en parte, de índole distinta. Como se sabe, el motivo principal fue causado por la crítica de *Perfil del aire* que había señalado influencias de Jorge Guillén y escasa modernidad del estilo poético. Por reacción (tan típica en Luis Cernuda), el poeta elimina o modifica ciertos poemas donde se transparentaba más el tono guilleniano (el optimismo vital, exclamaciones admirativas, algunos temas y expresiones) e intensifica la expresión de los elementos melancólicos. Asimismo, reaccionando contra la acusación de poca modernidad, reafirma aún más su tendencia hacia el lenguaje coloquial, suprimiendo las escasas imágenes ingeniosas de tipo vanguardista y cambiando el título del libro ("quité el título original, porque ya para entonces mi antipatía a lo ingenioso en poesía me lo había hecho poco agradable", declara en "Historial...", p. 904). Para un estudio completo de estos temas (influencias, críticas, refundiciones y la polémica acerca de ellas) remitimos al lector a *Luis Cernuda. Perfil del aire,* edición y estudio de Derek Harris, Ed. Támesis, Londres, 1971.

[58] Prácticamente todos los elementos de este escenario nos recuerdan el ambiente de los poemas de Pierre Reverdy, poeta cubista. Luis Cernuda reconoce en varios instantes su deuda con el poeta francés.

vida somnolencia", "aire dormido", "vida inerte", "puro hastío", etcétera.

Y, sin embargo, *Primeras poesías* contiene ya todos los elementos que definen la esencia de la poesía cernudiana. Se vislumbran ya dos mundos diferentes: el mundo interior, cerrado, simbolizado en la imagen del cuarto, y el mundo exterior, la realidad al otro lado de la ventana. Lo que no hay todavía es contacto (o conflicto) entre los dos. La ventana, lejos de ser medio de comunicación entre los dos mundos, es la frontera visible que los separa. Dentro, van perfilándose los deseos, *el deseo*, vago, tímido e indeciso aún, pero inequívoco:

> Vivo un solo deseo,
> un afán claro, unánime;
> afán de amor y olvido.
>
> (VII, vv. 13-15)

El joven poeta, consciente ya de su *otredad*, se busca aún (es la época en que inicia apenas sus lecturas de André Gide) sin poder definirse ni expresar lo que siente. Las dos vertientes de su vida, la homosexualidad y la poesía, no son más que dos incógnitas, causantes de inquietud y frustración:

> La soledad tras las puertas cerradas
> abre la luz sobre el papel vacío.
>
> Las palabras que velan el secreto
> placer, y el labio virgen no lo sabe;
>
> (VIII, vv. 7-10)

> Acogida está la frente
> al regazo del hastío.
> ¿Qué ausencia, qué desvarío
> a la belleza hizo ajena?
> Tu juventud nula, en pena
> de un blanco papel vacío.
>
> (XXII, vv. 5-10)

El tercer poema del libro, "Desengaño indolente", ilustra el estado anímico del poeta. Se van despertando los sentidos (el deseo) frente a la realidad del mundo; no traen "goces ni sonrisas", porque ni tienen memoria del pasado ni pueden entrever el futuro. Hay indecisión e incertidumbre, más, hay lucha interior que impide que los deseos salgan de su "limbo extático" e intenten alcanzar la realidad que tienta la imaginación ("Los espacios risueños... / que alientan allá lejos."). Como no hay contacto entre el deseo y la realidad, no hay conflicto. Conviene añadir que la realidad aquí no se muestra hostil (ya que no hay experiencia aún de su trato); es el deseo, de hecho apenas un ensueño adolescente, el que no logra concretar su objeto. El poema termina con la expresión de una expectación pasiva ante el porvenir.

Primeras poesías, a pesar de ser obra de juventud, es un fruto poético totalmente logrado. El poeta demuestra ya una finísima sensibilidad en el análisis de su propia conciencia, dándonos un fiel retrato espiritual de una incipiente vida emocional, con sus dudas, temores y expectativas.

"ÉGLOGA, ELEGÍA, ODA"

Esta colección de tres poemas, a la que se añade un cuarto poema, "Homenaje" (a Fray Luis de León), es la parte menos biográfica del libro. Desde el punto de vista formal, estos poemas constituyen "ejercicios sobre formas poéticas clásicas",[59] motivados en parte por reacción a la crítica recibida a su primer libro (véase nota 29). El modelo becqueriano de una poesía íntima y de breve extensión de *Primeras poesías* se sustituye aquí con las formas amplias de estancias o cuartetas endecasilábicas. Al estar escritos, además, en los años 1927-1928, años de euforia gongorina, llama la atención la preferencia que

[59] "Historial...", p. 905.

manifiesta Luis Cernuda por el tono melancólico y sensual de la lírica garcilasista.

Temáticamente, de los tres poemas principales es la "Elegía" la que más sigue el modelo de la poesía del libro anterior. Encontramos aquí el mismo escenario: el cuarto oscuro, débilmente iluminado por una lámpara, y el contorno de un desnudo juvenil dormido (¿el doble del poeta?). El ambiente es de un lánguido e indolente erotismo ("Rosas, venas de azul..."):

> Soledad amorosa. Ocioso yace
> el cuerpo juvenil perfecto y leve.
>
> (vv. 33-34)

Pero no es más que un ensueño, una fantasía, fruto de un deseo aún impreciso e insatisfecho que, al desvanecerse, deja una estela de desilusión y amargura:

> Melancólica pausa. En triste nieve
> el ardor soberano se deshace.
>
> ¿Y qué esperar, amor? Sólo un hastío,
> el amargor profundo, los despojos.
> Llorando vanamente ven los ojos
> ese entreabierto lecho torpe y frío.
>
> (vv. 35-40)

Si en este poema, como en los de *Primeras poesías,* el tema principal es el nacimiento del deseo, los poemas "Égloga" y "Oda" se enfrentan con la realidad exterior, sobre todo la naturaleza. Se trata, pues, del hallazgo y de la concretización de la belleza, vista aún (como en Garcilaso) en términos de un mundo ideal que invita al goce y al placer. El signo erótico es patente. En la "Égloga", la naturaleza, solitaria aún, se centra alrededor de la rosa, "una presencia pura". En la "Oda" encontramos por primera vez la presencia de la figura humana, un dios que se hace humano, "mármol animado":

Qué prodigiosa forma palpitante,
cuerpo perfecto en el vigor primero,
en su plena belleza tan humano.
Alzando su contorno triunfante,
sólido, sí, mas ágil y ligero,
abre la vida inmensa ante su mano.

(vv. 43-48)

Atraído por su propia imagen reflejada en el agua, se sumerge en ella en una especie de unión sexual doble, narcisista y panteísta, como anticipo del *acorde* en que culminará todo este período de la poesía cernudiana. Por ser un tema esencialmente mitológico, no pasa de ser una ilusión más, una fantasía erótica.

A pesar de ser sólo "ejercicios sobre las formas poéticas clásicas", la importancia de este libro en la trayectoria espiritual de Luis Cernuda es innegable. Quedan en él perfectamente trazados los dos mundos sin conflicto aún: el del deseo íntimo y el de la realidad exterior, objeto del deseo. Queda sólo un paso, el paso decisivo de precisar las dos realidades en un lenguaje directo y personal.

"Un río, un amor"

Si André Gide le enseñó a Cernuda a "llamar las cosas por su nombre" (véase nota 40), es el contacto con el surrealismo el que facilita la expresión poética de los contenidos anímicos, hasta ahora apenas insinuados. Más que la técnica expresiva (Luis Cernuda nunca practica la escritura automática; al contrario, es evidente la coherencia lógica de la mayoría de sus imágenes y estructuras poemáticas), el surrealismo representa la invitación a la libertad de la conciencia (y, sobre todo, subconciencia) a expresarse en el poema sin inhibiciones de ninguna clase. Gracias a esta liberación, el poeta logra elevar su voz poética a la altura de sus emociones, alcanzando con ello su madurez creativa y la expresión sincera y auténtica de su *otredad*. Con un poema, "Remordimiento en traje de noche", escrito en Toulouse al regresar de un viaje a París, "encontré de pronto un camino y forma para expresar en poesía cierta parte de aquello que no había dicho hasta entonces".[60] Hecho este hallazgo, surgen en sucesión rápida los demás poemas del libro (al igual que los dos libros siguientes).

Establecida la correlación entre la vida y la poesía, base imprescindible de una auténtica biografía literaria, Luis Cernuda procede a realizar también otra correlación, la de los dos mundos hasta ahora separados: el interior y el exterior, lo que equivale a intentar una interpretación de la realidad desde la verdad de su deseo. Lo que no era más que una expresión de expectativas juveniles o fantasías eróticas, entra ahora en el campo abierto del enfrentamiento conflictivo entre el deseo de amor y su posibilidad (o imposibilidad) concreta. Este contacto con el mundo exterior, como anticipábamos antes, le lleva a Luis Cernuda irremediablemente a la amargura de ver deshacerse sus ilusiones ante una realidad inaccesible. Ya no es la incertidumbre o un presentimiento vago, sino la certeza trágica de la imposibilidad de realizar sus esperanzas. Este fracaso del deseo trae consigo doble reacción: la expresión de rebeldía e ira impotente contra el mundo hostil y el desengaño íntimo que culmina en un estado de desolación total.

Un río, un amor canta la ausencia del amor en el mundo. El escenario abandona, por lo tanto, el ambiente íntimo y personal del cuarto juvenil y se ubica en un paisaje urbano, casi siempre nocturno y tormentoso: frío, niebla, viento y lluvia. (El único contraste lo constituyen breves viñetas de tierras lejanas y desconocidas, sacadas del cine o del texto de algunas canciones de moda.)[61] En este paisaje urbano encontramos al poeta:

[60] "Historial...", p. 908.

[61] Es conocida la afición que sentía Luis Cernuda por el cine y la música *jazz*. Procedentes, en la mayor parte, de los Estados Unidos, la vida allí le parece más cercana "al ideal juvenil, son-

Un hombre gris avanza por la calle de niebla;
no lo sospecha nadie. Es un cuerpo vacío;
vacío como pampa, como mar, como viento,
desiertos tan amargos bajo un cielo implacable.
("Remordimiento en traje de noche", vv. 1-4)

Todos acaso duermen
mientras él lleva su destino a solas.

Fatiga de estar vivo, de estar muerto,
con frío en vez de sangre...
("Destierro", vv. 5-8)

Fantasma que desfila prisionero de nadie,
falto de voz, de manos, apariencia sin vida,
como llanto impotente por las ramas ahogado
o repentina fuga estrellada en un muro.
("Decidme anoche", vv. 17-20)

Simbolizado indistintamente como el pasado, el remordimiento, el viento, el mendigo o el ahogado, llevado por la corriente del río (¿el amor?), el poeta se siente totalmente perdido ("No saber donde ir, donde volver" del "Nocturno entre las musarañas", v. 10). La tragedia se hace más dura al recordar (en primera persona) las esperanzas juveniles:

---

riente y atlético" ("Historial...", p. 910) y le inspira poemas con paisajes luminosos, llenos de amor ideal:

Las noches transparentes
abren luces soñadas
sobre las aguas o tejados puros
constelados de fiesta.

Las lágrimas sonríen,
la tristeza es de alas,
y las alas, sabemos,
dan amor inconstante.

Los árboles abrazan árboles,
una canción besa otra canción...
("Nevada", vv. 5-14)

Sí, como el viento a que un alba le revela
su tristeza errabunda por la tierra,
su tristeza sin llanto,
su fuga sin objeto;

Como él mismo extranjero,
como el viento huyo lejos.
Y sin embargo vine como luz.

("Como el viento", vv. 9-15)

En estos versos encontramos ya la más íntima expresión dolorida del desengaño. Luis Cernuda, que ha sabido sobreponerse a la hostilidad de los demás para defender *su verdad* y su derecho al amor, tiene que aceptar ahora la derrota de su deseo, porque se da cuenta de que el amor es imposible ("Un día comprendió cómo sus brazos eran / solamente de nubes; / imposible con nubes estrechar hasta el fondo / un cuerpo, una fortuna", "Desdicha", vv. 1-4). En otras palabras, *su verdad,* sobre la que apostaba toda su vida, no es más que una mentira más ("Dejadme solo", pp. 135-136), mentira como todas las demás verdades defendidas por la sociedad. Este descubrimiento provoca en el poeta la expresión de una rebeldía amarga, una rebeldía ya no contra este u otro objeto, sino una rebeldía contra la injusticia existencial que deja al hombre ante la única verdad que existe, la de su muerte:

Abajo pues la virtud, el orden, la miseria;
abajo todo, todo, excepto la derrota,
derrota hasta los dientes, hasta ese espacio helado
de una cabeza abierta en dos a través de soledades,
sabiendo nada más que vivir es estar a solas con la
[muerte.

("¿Son todos felices?", vv. 6-10)

Como se puede apreciar, el camino que recorre Luis Cernuda desde la esperanza hasta la desesperación y desde las expectativas juveniles hasta el nihilismo total es sumamente breve. El ideal del amor con que soñaba el adolescente se estrella contra el muro de la realidad implacable, dejando su "emoción en ruinas" ("Cuerpo en pena", v. 32). Conviene anotar, sin embargo, y es algo que la crítica general de la poesía cernudiana parece haber ignorado, que el mundo que se derrumba aquí es el de un ideal del amor, un amor soñado y duradero, acaso inalcanzable. Por eso, en vano buscaríamos en este libro alusiones claras al acto erótico o al placer. Por eso también, la rebeldía que expresa el poeta en los poemas como "¿Son todos felices?" no va dirigida contra la sociedad (que es la que condena *su* amor); todo lo contrario, su condena es universal y existencial, donde junto al honor, al patriotismo y a la virtud se niega también el amor, lo mismo heterosexual que homosexual ("Ni siquiera esperar ese pájaro con brazos de mujer, / con voz de hombre oscurecida deliciosamente", vv. 11-12). *Un río, un amor* expresa el fracaso de un hombre, todo hombre, que pone sus miras en el amor, como salvación de la muerte.

"Los placeres prohibidos"

Este libro, como el anterior, sigue aprovechando varias de las técnicas inspiradas en el surrealismo; temáticamente representa un cambio considerable, según lo indica el título mismo. El contraste entre *Un río, un amor* y *Los placeres prohibidos* denota una intensificación del aspecto erótico del tema amoroso. En el primero, el poeta pretende lograr la realización de su ensueño juvenil, un amor ideal, pero fracasa en su intento; es un libro triste en que destaca la ausencia del amor y se afirma su imposibilidad. En éste, por el contrario, el amor se identifica más con el deseo y el placer, perdiendo su profundidad espiritual. La experiencia frustrada de la búsqueda del amor le deja a Luis Cernuda desengañado y amargado (recuérdese el texto que entrega por estas fechas para la *Poesía española. Antología 1915-1931* de Gerardo Diego; véase p. 28). Aunque el fracaso sea íntimo y personal, su causa radica en la realidad hostil que le rodea y la amargura del poeta se traduce ahora en una rebeldía violenta y mordaz contra esa realidad, destructora de su ideal anhelado.

El primer poema del libro, "Diré cómo nacísteis", es una especie de manifiesto personal de Luis Cernuda, lanzado para proclamar y defender su verdad y su derecho al amor y, al mismo tiempo, para atacar a los que se oponen a ellos. Es un poema en que se condensan todos los aspectos temáticos del libro. Por un lado, es la afirmación de su deseo, desprendido ya de su cobertura ideal y abstracta y lleno de intensidad erótica:

> Corazas infranqueables, lanzas o puñales,
> todo es bueno si deforma un cuerpo;
> tu deseo es beber esas hojas lascivas
> o dormir en ese agua acariciadora.
>
> (vv. 7-10)

> Placeres prohibidos, planetas terrenales,
> miembros de mármol con sabor de estío,
> jugo de esponjas abandonadas por el mar,
> flores de hierro resonantes como el pecho
> [de un hombre.
>
> (vv. 18-21)

Por otro lado, hay un ataque violento contra la sociedad que considera prohibidos estos placeres y declara "tu espíritu impuro". Son "límites impuestos, / límites de metal o papel", "leyes hediondas, códigos, ratas de paisajes derruidos", "la ira, el ultraje, el oprobio y la muerte". En el conflicto entre los dos, el amor se hace imposible:

> Extender entonces la mano
> es hallar una montaña que prohibe,
> un bosque impenetrable que niega,
> un mar que traga adolescentes rebeldes.
>
> (vv. 33-36)

Termina el poema con un reto desesperado contra las "realidades vacías" de la sociedad; se aboga en él por la destrucción de sus valores y preceptos y se afirma la superioridad y la fuerza del placer:

> Abajo, estatuas anónimas,
> sombras de sombras, miseria, preceptos de niebla;
> una chispa de aquellos placeres
> brilla en la hora vengativa.
> Su fulgor puede destruir vuestro mundo.
>
> (vv. 45-49)

Conviene anotar que esta superioridad del placer, o sea, del acto erótico, se basa en su realidad concreta, individual y personal, frente a los códigos de una sociedad impersonal ("estatuas *anónimas*", "*sombras* de *sombras*", "preceptos *de niebla*"). Luis Cernuda, en su anhelo de apresar la realidad con la fuerza de su deseo, tiene que abandonar también la búsqueda de un ideal (igualmente abstracto) y aceptar (o resignarse a ella) la forma más asequible del amor: su materialización en el acto sexual. Por esto, las páginas de este libro atormentado abundan en expresiones e imágenes brutalmente explícitas: "el amor es lucha / donde se muerden dos cuerpos iguales" ("Quisiera saber por qué esta muerte", vv. 14-15); el goce de "Cuerpos gritando bajo el cuerpo que les visita" ("Adónde fueron despeñadas", v. 8) o la despedida triste del último poema ("He venido para ver"): "Adiós, dulces amantes invisibles, / siento no haber dormido en vuestros brazos" (v. 29-30).

Si estas citas parecen reflejar el abandono a una entrega libre y descarada, no se trata de un hedonismo despreocupado. Es indudable que el poeta considera el amor erótico como parte de su destino vital y la justificación de su existencia (véase, los versos citados antes, del poema "Si el hombre pudiera decir", p. 40), pero su poesía no se vuelve anecdótica en ningún momento. Al contrario, no sólo persiste sino que se profundiza el proceso de hacer pasar sus experiencias por un agudo análisis mental y psicológico para ver la naturaleza de este hallado amor y sus efectos sobre el poeta (y sobre el hombre en general). A través de los poemas del libro encontramos, pues, hondas revelaciones sobre el amor erótico como una fuerza cruel, inútil y, sobre todo, efímera que deja un vacío cuando desaparece:

> Telarañas cuelgan de la razón
> en un paisaje de ceniza absorta;
> ha pasado el huracán de amor,
> ya ningún pájaro queda.
> Tampoco ninguna hoja;
> todas van lejos, como gotas de agua
> de un mar cuando se seca,
> cuando no hay ya lágrimas bastantes...
> ("Telarañas cuelgan de la razón", vv. 1-8)

El tono moral de la voz poética de Luis Cernuda, convencido ya de que el amor ideal no existe, expresa también el descubrimiento de que esa única forma asequible, el efímero placer del acto erótico, está destinada por su naturaleza a una corrupción inevitable. En el poema "De qué país", el destino de un recién nacido "será escuchar lo que digan / las sombras inclinadas sobre la cuna" (vv. 15-16) que, entre otras cosas, le dotarán de:

> [...] el deseo que se corrompe, formando bajo la vida
> la charca de cosas pálidas,
> donde surgen serpientes, nenúfares, insectos, maldades,
> corrompiendo los labios, lo más puro.
>
> No podrás, pues, besar con inocencia...
> (vv. 20-24)

Así, el conflicto entre el deseo y la realidad se multiplica en varios conflictos o contradicciones: el amor es necesario, pero imposible; el deseo es bueno, pero necesariamente corrupto; el placer, por efímero, lleva al vacío y a la postración; en suma, la verdad es mentira, hallazgo del libro anterior, confirmado una vez más, ahora al nivel de un amor puramente erótico. Ante este panorama de un amor triste e inútil ("Qué ruido tan triste el que hacen dos cuerpos cuando se aman" del poema "Qué ruido tan triste", v. 1), quedan dos alternativas: el autoengaño y la evasión, ambas perfiladas en uno de los poemas centrales del libro, "El mirlo, la gaviota". El poeta, tras enumerar una serie de imágenes del deseo, casi todas de índole erótica, pretende crear con ellas un bebedizo "sempiterno" que le permita ver la realidad de una manera diferente ("Bebe unas gotas y verás la vida como a través de un vidrio coloreado", v. 22) y así retener la fe en la vida y en su posible comunión (y fusión definitiva) con la naturaleza, a través del amor. Esta última posibilidad, no más que un intento de evasión para justificar su existencia, es ya el concepto del *acorde* que culminará en el último libro de este ciclo.

"DONDE HABITE EL OLVIDO"

El último capítulo de la atormentada biografía espiritual de Luis Cernuda lo constituye el libro *Donde habite el olvido,* compuesto a raíz de una dolorosa experiencia amorosa que le dejó en un estado de postración absoluta. El poeta mismo alude a este hecho en varias ocasiones, describiendo sus efectos:

> [...] deseando tanto la presencia como la ausencia de un ser, pretexto profundo de tu existencia entonces [...] tendido contigo a solas en un lecho, revolviendo por la memoria los episodios de aquel amor sórdido y lamentable, sin calma para reposar la noche, sin fuerza para afrontar el día.[62]

Donde habite el olvido es una colección de poemas breves, sin título y de metro corto. Temáticamente, podría

[62] "Aprendiendo olvido" (*Ocnos*), *Prosa completa,* p. 65. En su "Historial...", Luis Cernuda nos sugiere las causas de este fracaso amoroso: su propia candidez, cobardía y egoísmo (*Prosa completa,* p. 914).

considerarse como un solo poema dividido en partes. La técnica expresiva del surrealismo, que le había servido al poeta para sacar a luz los elementos de rebeldía y violencia, desaparece prácticamente (salvo alguna imagen suelta) y se ve sustituida por la forma y el tono de la lírica becqueriana.[63] Por ello y por el recuerdo nostálgico de su propia adolescencia que se trasluce en muchos poemas, el libro parece cerrar el ciclo iniciado con *Perfil del aire,* con la diferencia de que lo que era un ensueño y una promesa en el primer libro se convierte en la negación completa, aprendida a través de una experiencia dolorosísima y cruel. Irónicamente, el ideal erótico que constituye la *verdad* del poeta y la sola justificación de su existencia es el que produce ahora un estado de muerte emocional:

Canté, subí,
fui luz un día
arrastrado en la llama.

Como un golpe de viento
que deshace la sombra,
caí en lo negro,
en el mundo insaciable.

He sido.

(IV, vv. 7-14)

Vivo y no vivo, muerto y no muerto;
ni tierra ni cielo, ni cuerpo ni espíritu.

[63] El título mismo de este libro deriva de una rima (LXVI) de Bécquer a quien relee Luis Cernuda por estas fechas, identificándose con él y con su fracaso amoroso. Tres años más tarde (1935), el poeta publica un ensayo titulado "Bécquer y el romanticismo español", donde, recordándose tal vez a sí mismo, describe la pasión amorosa de Bécquer: "Pero hay una pasión horrible, hecha de lo más duro y amargo, donde entran los celos, el despecho, la rabia, el dolor más cruel" (*Prosa completa,* pp. 1271-1272).

Soy eco de algo;
lo estrechan mis brazos siendo aire,
lo miran mis ojos siendo sombra,
lo besan mis labios siendo sueño.

He amado, ya no amo más;
he reído, tampoco río.

(III, vv. 7-14)

Es curioso cómo la postración espiritual de este momento trae consigo los recuerdos del pasado para llenar el vacío del amor: recuerdos de la adolescencia, de los ensueños, de los momentos felices y desgraciados. La mirada retrospectiva es probablemente la que más contribuye al tono sordamente quejumbroso y melancólico del libro ("Goce o pena, es igual, / todo es triste al volver", XI, vv. 7-8) y es la que desvía la atención del amor al hombre que lo experimenta: "No es el amor quien muere, / somos nosotros mismos" (XII, vv. 1-2). *Donde habite el olvido* es el libro más introspectivo de Luis Cernuda; en él, la biografía espiritual se hace más propiamente historia y el análisis sutil de las experiencias vividas se convierte en una mirada global sobre el sentido de la existencia humana y su destino.

En un breve poema en prosa que encabeza la colección, el poeta (con un eco becqueriano clarísimo) introduce el tema principal: "¿Qué queda de las alegrías y penas del amor cuando éste desaparece? Nada, o peor que nada; queda el recuerdo de un olvido". Este recuerdo es *la espina clavada en el corazón* de Luis Cernuda que produce el inmenso dolor ("Y extraño es, si ese recuerdo busco, / que tanto, tanto duela sobre el cuerpo de hoy", VII, vv. 3-4). Cansado y desilusionado, el poeta quiere arrancarse la espina de una vez para siempre, "olvidar un olvido" (XI, v. 16), o sea, lograr un estado de inconsciencia total que borre cualquier recuerdo del pasado. Tal inconsciencia implica necesariamente la muerte espiritual, e incluso física, una idea y una posibilidad a la que se acoge Luis Cernuda en su tristeza desolada. Es el tema del primer poema del libro ("Donde yo sólo sea / memoria de una piedra sepultada entre ortigas", vv. 3-4) y de los que constituyen su conclusión, sobre todo el penúltimo:

> No creas nunca, no creas sino en la muerte de todo;
> contempla bien ese tronco que muere
> hecho el muerto más muerto,
> como tus ojos, como tus deseos, como tu amor;
> ruina y miseria que un día se anegan en inmenso
> [olvido,
> dejando, burla suprema, una fecha vacía,
> huella inútil que la luz deserta.
>
> (XVI, vv. 28-34)

Donde habite el olvido es el libro más pesimista de Luis Cernuda, tal vez el más pesimista que se ha escrito en España en este siglo. En su negación de todo, el poeta llega a abrazarse a un nihilismo desolador, trágica consecuencia de hallar vacía y falsa *su verdad*. Con este libro termina la parte esencial (y la más auténtica) de la biografía espiritual del poeta sevillano.

"Invocaciones a las gracias del mundo"

Es una colección de diez poemas, en su mayoría largos, donde el poeta hace una recapitulación de su vida y de su pensamiento, con el intento de salir del callejón oscuro en que se encuentra tras la experiencia desoladora, descrita en el libro anterior. Es, por lo tanto, el libro bastante menos biográfico en cuanto que no se relaciona con las vivencias inmediatas, sino que pretende dar una visión global de las experiencias aprendidas a lo largo de su vida. Las *gracias* que invoca son las mismas que le han acompañado siempre: el amor, la poesía, la soledad y la tristeza. Desengañado del amor humano, ni lo busca ni lo desea. El poema "Soliloquio del farero" es la historia de su existencia, narrada paso a paso, desde su niñez hasta el momento, con la única compañera fiel: su soledad. Nos encontramos, además, con el amor que, con sus "encantadoras mallas", priva al hombre de su libertad de gozar de la vida, mientras ofrece tan sólo un placer fugaz. Es el tema del poema "Dans ma péniche" que empieza con las palabras: "Quiero vivir cuando el amor muere" y que expresa la desilusión total en una alocución escéptica e incluso irónica dirigida a todos los amantes del mundo:

> Pobres amantes,
> ¿de qué os sirvieron las infantiles arras que cru-
> [zasteis,
> cartas, rizos de luz recién cortada, seda cobriza
> [o negra ala?
> Los atardeceres de manos furtivas,
> el trémulo palpitar, los labios que suspiran,
> la adoración rendida a un leve sexo vanidoso,
> los ay de mi vida y los ay muerte mía,
> todo, todo,
> amarillea y cae y huye con el aire que no vuelve.
>
> (vv. 29-37)

La experiencia del amor frustrado hace que el deseo abandone su afán de adueñarse de la realidad a la que juzga despreciable (la crítica de la sociedad y, sobre todo, del cristianismo se hace áspera y sarcástica en este libro) y que se dirija a la contemplación nostálgica de un mundo ideal, aunque inexistente, reencontrado en la mitología pagana a través de la lectura del poeta alemán Hölderlin. Se trata claramente de un intento de evasión de la realidad. Ese mundo soñado, en que los dioses, semidioses y sátiros paganos, seres divinos con deseos humanos, viven en comunión con una naturaleza pujante e inmune a la maldad traída por la civilización, es el ideal en que busca refugio Luis Cernuda. En este sentido, el muchacho andaluz ("A un muchacho andaluz") o el joven marino ("El joven marino") se convierten en unos seres semidivinos, eco lejano del dios que aparece en la "Oda" de su segundo libro. El amor humano no perturba ya su convivencia total con la naturaleza: "El mar, única criatura / que pudiera asumir tu vida poseyéndote" ("El joven marino", vv. 9-10) y el cuerpo ahogado del marino nada tiene que ver con el ahogado del poema "Cuerpo en pena" del libro *Un río, un amor,* sino que se transforma en una figura cósmica, una vez confundida su vida con la del mar.

No importa que se trate de un engaño más. Luis Cernuda que, a lo largo de los años, ha descubierto tristemente que *su verdad,* la del amor, no era más que mentira, se resigna ahora a aceptar la mentira como su verdad. Es la maduración del concepto del *acorde,* anticipado en varias ocasiones y definido ahora en este libro y en el texto de "Palabras antes de una lectura" (1935) [64] como el presentimiento de la existencia de un "mundo invisible" y "una armonía superior a los poderes de la comprensión humana", intuidos misteriosamente por un poeta gracias al poder daimónico que posee. Es una especie de panteísmo en que, a través de la muerte, Luis Cernuda pretende lograr la liberación definitiva en una unión sobrenatural y mística con el universo. En un poema bellísimo, "La gloria del poeta", se dirige al "Demonio hermano mío, mi semejante" (v. 1) pidiendo esta anegación total y absoluta:

Es hora ya, es más que tiempo
de que tus manos cedan a mi gloria
el flamígero puñal codiciado del poeta,
de que lo hundas, con sólo un golpe limpio,
en este pecho sonoro y vibrante, idéntico a un laúd,
donde la muerte únicamente,
la muerte únicamente,
puede hacer resonar la melodía prometida.

(vv. 75-82)

* * *

La realidad y el deseo es uno de los libros más apasionantes de este siglo. Cada página nos trae una profun-

[64] *Prosa completa,* pp. 871-877.

da mirada en el espejo interior de una vida atormentada, llena de amor y de odio, de orgullo y de humildad, de ilusión y de desengaño. Es, como venimos diciendo, una auténtica *biografía espiritual,* la historia de un deseo que incansablemente lucha por penetrar y adueñarse de la realidad, inmediata y personificada al principio, misteriosa e insondable al concluirse el ciclo de la desolación personal. Es el deseo de la liberación humana a través del amor, visto como la fuerza única y suprema en la vida del hombre y del universo. Es, en su última consecuencia, la historia de una "leyenda" individual que se convierte en el mito universal cuyo protagonista es el hombre.

MIGUEL J. FLYS

NOTICIA BIBLIOGRÁFICA

Por tratarse de una edición crítica de la primera edición de *La realidad y el deseo* (1936), nos limitamos a citar publicaciones anteriores a esta fecha y las que, siendo posteriores, incluyen la poesía del período 1925-1936. Las principales publicaciones de poesías sueltas en revistas o antologías, anteriores a 1936, van reseñadas en las notas marginales del texto.

Perfil del aire, 4.º suplemento de *Litoral,* Málaga, 1927.

Donde habite el olvido, Madrid, Signo, 1934.

El joven marino, Madrid, Colección "Héroe", 1936.

La realidad y el deseo, Madrid, Ed. Cruz y Raya, 1936.
2.ª ed. aumentada, México, Séneca, 1940.
3.ª ed. aumentada, México, F.C.E., 1958.
4.ª ed. aumentada, México, F.C.E., 1964.

La realidad y el deseo, La Habana, Consejo Nacional de Cultura, 1965.

Égloga, con doce litografías en colores por Gregorio Prieto, Madrid, Ediciones de Arte y Bibliofilia, 1970.

Perfil del aire. Con otras obras olvidadas e inéditas, edición y estudio de Derek Harris, Londres, Tamesis Books Ltd., 1971.

Poesía completa, edición a cargo de Derek Harris y Luis Maristany, Barcelona, Barral Editores, 1973; 2.ª ed. revisada y corregida, 1977.

BIBLIOGRAFÍA SELECTA SOBRE EL AUTOR

Se citan aquí los principales estudios monográficos y colecciones de artículos y ensayos (sobre todo *Homenajes* en revistas) que tratan de la poesía del primer período (1925-1936). Para una bibliografía detallada y completa, remitimos al lector a la edición de *Luis Cernuda. Prosa completa,* a cargo de Derek Harris y Luis Maristany, Barcelona, Barral Editores, 1975, pp. 1553-1577.

1. LIBROS

Bellón Cazabán, Juan Alfredo, *La poesía de Luis Cernuda. Estudio cuantitativo del léxico de "La realidad y el deseo",* Universidad de Granada, 1973.

Capote Benot, José María, *El período sevillano de Luis Cernuda,* Madrid, Gredos, 1971.

—, *El surrealismo en la poesía de Luis Cernuda,* Universidad de Sevilla, 1976.

Delgado, Agustín, *La poética de Luis Cernuda,* Madrid, Editora Nacional, 1975.

Harris, Derek, *Luis Cernuda. A Study of the Poetry*, Londres, Tamesis Books Ltd., 1973.

Müller, Elisabeth, *Die Dichtung Luis Cernudas,* Ginebra-París, Kölner Romantische Arbeiten, 1962.

Ruiz Silva, Carlos, *Arte, amor y otras soledades,* Madrid, Ed. de la Torre, 1979.

Silver, Philip, *"Et in Arcadia Ego": A Study of the Poetry of Luis Cernuda,* Londres, Tamesis Books Ltd., 1965. Traducción española: *Luis Cernuda: El poeta en su leyenda,* Madrid, Alfaguara, 1972.

Talens, Jenaro, *El espacio y las máscaras. Introducción a la lectura de Cernuda,* Barcelona, Anagrama, 1975.

2. COLECCIONES DE ARTÍCULOS Y HOMENAJES

Luis Cernuda, edición de Derek Harris, Madrid, Taurus ("El escritor y la crítica"), 1977.
Luis Cernuda, ensayos de Jaime Gil de Biedma, Juan Gil-Albert y Luis Antonio de Villena, Universidad de Sevilla, 1977.
Agora (Madrid), núms. 83-84 (septiembre-octubre, 1963).
Cántico (Córdoba), núms. 9-10 (agosto-noviembre, 1955).
La Caña Gris (Valencia), núms. 6-8 (otoño, 1962).
Cuadernos Hispanoamericanos (Madrid), núm. 316 (octubre, 1976).
Ínsula (Madrid), núm. 207 (febrero, 1964).
Revista Mexicana de Literatura (México, enero-febrero, 1964).
Sin nombre (Puerto Rico), núm. 4 (1976).

ÍNDICE DE LAS SIGLAS UTILIZADAS EN LA PRESENTE EDICIÓN

C	*Carmen* (Gijón-Santander).
CVPP	*Caballo verde para la poesía* (Madrid).
DHO	*Donde habite el olvido* (1934).
GD	Gerardo Diego, ed. *Poesía española. Antología 1915-1931.*
H	*Héroe* (Madrid).
HL	*Hoja literaria* (Madrid).
IP	*La invitación a la poesía,* Madrid, Ed. "La Tentativa Poética", 1933.
JM	*El joven marino* (1936).
L	*Litoral* (Málaga).
M	*Murta* (Valencia).
N	*Noreste* (Zaragoza).
PA	*Perfil del aire* (1927).
RD1	*La realidad y el deseo* (1936).
RD2	*La realidad y el deseo,* 2.ª edición (1940).
RD3	*La realidad y el deseo,* 3.ª edición (1958).
RD4	*La realidad y el deseo,* 4.ª edición (1964).
RO	*Revista de Occidente* (Madrid).
S	*El Sol* (Madrid).
VP	*Verso y prosa* (Murcia).

NOTA PREVIA

En una edición crítica, se reproduce generalmente la última publicada por el autor y se señalan las variantes de las ediciones anteriores y de las publicaciones sueltas en periódicos o revistas. Por tratarse, sin embargo, de una obra a la que fueron añadiéndose libros escritos sucesivamente hasta constituir la obra completa del poeta, hemos optado por publicar la primera edición (1936), que incluye la poesía escrita con anterioridad al exilio de Luis Cernuda y que, a nuestro parecer, forma el conjunto más representativo y unitario de su creación poética. No obstante, y para facilitar al lector el posible cotejo con las ediciones posteriores, se anotan las variantes que aparecen en ellas, sobre todo en la tercera edición, que representa ya la versión definitiva de los poemas aquí incluidos. Se excluyen, por lo general, algunos cambios de la segunda edición, una edición muy descuidada, si éstos parecen debidos a obvias erratas tipográficas. Se entiende que las variantes anotadas se conservan a partir de la edición señalada. Asimismo, sólo van anotadas las variantes de los poemas publicados en revistas o antologías con anterioridad a su inclusión en un libro definitivo.

En todo momento hemos procurado consultar personalmente todas las publicaciones de la poesía cernudiana, lo mismo en libros como en revistas. No obstante, queremos hacer constar que nuestra labor fue facilitada enormemente gracias a la excelente edición de *Poesía completa,* a cargo de Derek Harris y Luis Maristany, especialmente en cuanto a las fechas de composición de poemas individuales.

Luis Cernuda, igual que Jorge Guillén, insistió siempre en que en sus obras impresas se comenzara cada verso con mayúsculas; las normas de esta colección de Clásicos Castalia obligan, por el contrario, a que solamente después de punto se use la mayúscula. Conste aquí, por lo tanto, el hecho de que, con excepción de *Perfil del aire,* hasta ahora en todas las ediciones se siguió la norma deseada por él.

M J. F.

LUIS CERNUDA

LA REALIDAD Y EL DESEO

PRIMERAS POESÍAS. § ÉGLOGA, ELEGÍA, ODA. § UN RÍO, UN AMOR. § LOS PLACERES PROHIBIDOS. § DONDE HABITE EL OLVIDO. § INVOCACIONES A LAS GRACIAS DEL MUNDO.

MADRID
CRUZ Y RAYA
EDICIONES DEL ARBOL

MCMXXXVI

PRIMERAS POESÍAS*

(1924-1927)

Primeras poesías recogen la mayoría de los poemas publicados en *Perfil del aire* (1927). De los veintinueve poemas de *Perfil del aire,* el poeta suprime diez (aunque no numerados en PA, son: 4.°, 5.°, 8.°, 9.°, 11.°, 20.°, 21.°, 23.°, 25.°, 27.°), añade otros cuatro (VII, VIII, XVII, XIX), cambia el orden de varios poemas y realiza muchas correcciones, anotadas más adelante. En las notas que siguen, el número entre paréntesis después de la sigla PA indica el orden en que aparecen los poemas. *Perfil del aire* lleva la dedicatoria: A Pedro Salinas, que se suprime en *Primeras poesías.* En *Perfil del aire,* sólo los versos después del punto empiezan con mayúscula.

I

Va la brisa reciente
por el espacio esbelta,
y en las hojas cantando
abre una primavera.

Sobre el límpido abismo
del cielo se divisan,
como dichas primeras,
primeras golondrinas.

Tan sólo un árbol turba
la distancia que duerme:
tal el fervor alerta
la indolencia presente.

[I] 7-3-1926; *Litoral,* 2 (diciembre, 1926); PA(1), sin variantes.
1 ¡Esa brisa PA.
2 en el espacio esbelta! PA.
3 hojas, abriendo, PA.
4 sólo una PA.
5-7 Por el raso absoluto / del cielo sin divisa, / pájaros en la mano: PA.
9 árbol quieto asume PA.
10 distancia tan breve. PA. duerme, RD2.
11 Así el PA, RD3.

Verdes están las hojas;
el crepúsculo huye,
anegándose en sombra
las fugitivas luces.

En su paz la ventana
restituye a diario
las estrellas, el aire
y el que estaba soñando.

II

Urbano y dulce revuelo
suscitando fresca brisa
para sazón de sonrisa
que agosta el ardor del suelo;
pues si aquel mudo señuelo
es caña y papel, pasivo
al curvo desmayo estivo,
aún queda, brusca delicia,
la que abre tu caricia,
oh ventilador cautivo.

13 hojas. PA. hojas, RD2.
14 huye. PA.
15 Ya las sombras alcanzan PA.
17 paz, PA.
[II] 22-1-1925; PA(2).
4 suelo. PA.
5 Si queda el mudo PA.
6 de caña PA.
8 está la brusca delicia PA.
9 que levanta tu PA.
10 ¡oh ventilador cautivo! PA.

III

Desengaño indolente
y una calma vacía,
como flor en la sombra,
el sueño fiel nos brinda.

Los sentidos tan jóvenes
frente a un mundo se abren
sin goces ni sonrisas,
que no amanece nadie.

[III] 11-11-1925; *Litoral,* 2 (diciembre, 1926); PA(3), sin variantes salvo una coma que se añade al final del verso 7. Sufrió grandes cambios en RD1. Versión original:

El divorcio indolente.
Ya la quietud se brinda.
Mullendo está la sombra
la blancura inaudita.

Si los sentidos nuevos
al presente se abren,
temprano es para el gozo,
que no amanece nadie.

Y las músicas van
a endulzar el antaño.
¿Qué mano detendría
el sonido acordado?

La almohada no abre
los espacios risueños,
pero da la certeza
de que existen más lejos.

El tiempo en las estrellas.
Desterrada la historia.
Los sentidos se duermen
aguardando sus bodas.

El afán, entre muros
debatiéndose aislado,
sin ayer ni mañana
yace en un limbo extático.

La almohada no abre
los espacios risueños;
dice sólo, voz triste,
que alientan allá lejos.

El tiempo en las estrellas.
Desterrada la historia.
El cuerpo se adormece
aguardando su aurora.

IV

Morir cuotidiano, undoso
entre sábanas de espuma;
almohada, alas de pluma
de los hombros en reposo.
Un abismo deleitoso
cede; lo incierto presente
a quien con el cuerpo ausente
en contraluces pasea.
Al blando lecho rodea
ébano en sombra luciente.

[IV] 8-4-1925; PA(6).
1 cotidiano, PA, RD3.
6 cede: PA.
7 al que con PA.

V

Ninguna nube inútil,
ni la fuga de un pájaro,
estremece tu ardiente
resplandor azulado.

Así sobre la tierra
cantas y ríes, cielo,
como un impetuoso
y sagrado aleteo.

[V] 28-7-1926; PA(7). Sufrió grandes cambios en RDI. Versión original:

¡Solo está! Ni las nubes,
ni las fugas de pájaros,
han de negar su terso
resplandor tan ingrato.

¡Firmamento total,
todo espacio desierto,
sinfín de la medida
en la palabra: cielo!

Desbordando en el aire
las luces redivivas
aclaran felizmente
nuestra nada divina.

Esa sede final...
El universo en calma...
—Árboles a la orilla
soñolienta del agua—.

Sobre la tierra estoy.
¡Dejadme estar! Sonrío
a todo el orbe: extraño
no le soy, porque vivo.

Desbordando en el aire
tantas luces altivas
aclaras felizmente
nuestra nada divina.

Y el acorde total
da al universo calma.
Árboles a la orilla
soñolienta del agua...

Sobre la tierra estoy;
déjame estar. Sonrío
a todo el orbe; extraño
no le soy porque vivo.

VI

¿Dónde huir? Tibio vacío,
ingrávida somnolencia
retiene aquí mi presencia,
toda moroso albedrío,
en este salón tan frío,
reino del tiempo tirano.
¿De qué nos sirvió el verano,
oh ruiseñor en la nieve,
si sólo un orbe tan breve
ciñe al soñador en vano?

10 altivas, RD3.
14 calma: RD3.
16 agua. RD3.
[VI] 12-12-1925; PA(10).
2 somnolencia, PA.
3-6 reteniendo va la ausencia / con su moroso desvío / a este rectángulo frío / que acrece el tiempo tirano. PA.
9 un mundo RD3.

VII

Existo, bien lo sé,
porque le transparenta
el mundo a mis sentidos
su amorosa presencia.

Mas no quiero estos muros,
aire infiel a sí mismo,
ni esas ramas que cantan
en el aire dormido.

Quiero como horizonte
para mi muda gloria
tus brazos, que ciñendo
mi vida la deshojan.

Vivo un solo deseo,
un afán claro, unánime;
afán de amor y olvido.
Yo no sé si alguien cae.

Soy memoria de hombre;
luego nada. Divinas
la sombra y la luz siguen
con la tierra que gira.

[VII] 25-11-1926; *La invitación a la poesía*; no está en PA.
1 sé. IP.
2 ¡Tanto le IP.
4 presencia! IP.
9 Quiero un sólo horizonte IP.
10 gloria: IP.
12 vida, IP.
13-15 Soy un sólo deseo, / Un cuerpo vivo, unánime. / Hombre, mujer. Olvido. IP.
17 ¡Ah! Memoria de hombre. IP.
18 Luego, nada. Divinas, IP, RD3.
19 La luz, la sombra, siguen IP.

VIII

Vidrio de agua en mano del hastío,
ya retornan las nubes en bandadas
por el cielo, con luces embozadas
huyendo al asfaltado en desvarío.

Y la fuga hacia dentro. Ciñe el frío,
lento reptil, sus furias congeladas;
la soledad tras las puertas cerradas
abre la luz sobre el papel vacío.

Las palabras que velan el secreto
placer, y el labio virgen no lo sabe;
sueño maravillado que indolente

entre sus propias nieblas va sujeto,
cantando como un humo. Y sólo cabe
la belleza fugaz bajo la frente.

[VIII] ¿1925?; *Revista de Occidente,* XXX (diciembre, 1925), sin división estrófica, no está en PA.
1 hastío. RO, RD3; hastío; RD2.
2 Ya se vuelven las nubes en bandadas. RO.
3 Desde el cielo las luces RO.
4 huyen al RO.
5 frío RO.
6 como reptil sus escamas doradas. RO.
7 tras las hojas cerradas RO; La soledad, tras las puertas cerradas, RD3.
10 del tiempo y mudo el labio que las sabe; RO.
11 De sueño embelesado e indolente RD2; El sueño, embelesado e indolente, RD3.
12 sólo a su propia imagen va sujeto. RO.
13 Se mira. No perdura. Sólo cabe RO; Negándose a morir. Y sólo cabe RD2.

IX

El fresco verano llena
andaluzas soledades;
no acercarán amistades
la tierna imagen ajena.
Visos y dejos de pena
el agua me robaría;
que la desdicha sonría
hasta que el viento la lleve...
Y en un molino de nieve
levanto una nevería.

X

El amor mueve al mundo,
que descansa perdido
a la mirada. Y esta
ternura sin servicio...

Ya las luces emprenden
el cuotidiano éxodo
por las calles, dejando
su espacio solo y quieto.

[IX] 30-7-1925; *Revista de Occidente,* XXX (diciembre, 1925); PA(12), sin variantes.
7 ¡que PA.
8 lleve! PA; lleve. RD3.

[X] 13-9-1925; *Revista de Occidente,* XXX (diciembre, 1925); PA(13), sin variantes.
1 mundo PA.
2 descansa, PA.
3 ¡Y esta PA.
4 servicio! PA; servicio. RD3.
6 su cotidiano éxodo, PA; El cotidiano RD3.
7 calles PA.

Y el ángel aparece;
en un portal se oculta.
Un soneto buscaba
perdido entre sus plumas.

La palabra esperada
ilumina los ámbitos;
un nuevo amor resurge
al sentido postrado.

Olvidados los sueños
los aires se los llevan.
Reposo. Convertida
la ternura se deja.

XI

Es la atmósfera ceñida;
sólo centellea un astro
vertiendo luz de alabastro
con pantalla adormecida.
La música, que aterida
en el papel hizo nido,
alisando su sonido,
tiende el vuelo del atril
a la rama de marfil
por la cámara en olvido.

14 ámbitos: PA.
16 sentido, PA.
17 Facturados los sueños, PA.
19 Convertida, PA.
[XI] 21-7-1925; *Revista de Occidente,* XXX (diciembre, 1925); PA(14), sin variantes.
1 ceñida. PA.
5 música que PA.
7 sonido PA.
10 en la cámara PA.

XII

Eras, instante, tan claro...
Perdidamente te alejas,
dejando erguido el deseo
con sus vagas ansias tercas.

Siento huir bajo el otoño
pálidas aguas sin fuerza,
mientras se olvidan los árboles
de las hojas que desertan.

[XII] 29-10-1925; PA(15). Sufrió grandes cambios en RD1. Versión original:

¡Instante! Como pasado
solemnemente se aleja.
Sólo el tiempo permanece
en distintas primaveras.

Por debajo del otoño
las aguas pasan sedientas.
Un árbol mustio se olvida
de las hojas que lo dejan.

La llama tuerce su hastío,
sola su pura presencia,
y la lámpara se duerme
sobre la frente que vela.

Inasible todo. Ausentes
las rosas que Ayer abriera.
Pero queda su secreto
en las verdes alamedas.

Al sol tenderá la playa
sus soledades de arena.
Venus, no nacida, yace.
La tierra y el mar la esperan.

1 claro. RD3.
3 al deseo RD3.

La llama tuerce su hastío,
sola su viva presencia,
y la lámpara ya duerme
sobre mis ojos en vela.

Cuán lejano todo. Muertas
las rosas que ayer abrieran,
aunque aliente su secreto
por las verdes alamedas.

Bajo tormentas la playa
será soledad de arena
donde el amor yazca en sueños.
La tierra y el mar lo esperan.

XIII

Se goza en sueño encantado,
tras espacio infranqueable,
su belleza irreparable
el Narciso enamorado.
Ya diamante azogado
o agua helada, se desata
y humanas rosas dilata
en inmóvil paroxismo,
dejando sólo en su abismo
fugaz memoria de plata.

[XIII] 11-8-1925; *Revista de Occidente,* XXX (diciembre, 1925); PA(16), sin variantes.
1 Le goza sueño azogado, PA.
4 al Narciso PA.
5 Entre ramaje dorado PA.
6 agua helada se desata PA; helada, allá desata RD3.
7 Humanas rosas, dilata RD3.
8 en su inmóvil PA; Tanto inmóvil paroxismo. RD3.
9 quedando sólo PA; Mas queda sólo RD3.

XIV

Ingrávido presente.
Las ramas abren trémulas.
Cándidamente escapan
estas horas sin fuerza.

En la playa remota
el mar no visto canta;
sobre su verde espuma
huye el aire en volandas.

Va sus vírgenes fuerzas
deponiendo la tarde.
La esperanza se duerme
entre el verdor unánime.

Olvidarán mis días
su abanico de humo
y un ángel lo abrirá
unà noche ya mustio.

Una noche que finja
lo distante inmediato.
Y bajará la luna
a posarse ¿en qué mano?

[XIV] 28-1-1926; PA(24).
2 abren, PA.
3 ¡Cuán cándidas escapan PA.
4 horas pretéritas! PA.
6 el mar, la mar, se instala. PA.
7 Sobre la verde PA.
11 El deber es quedar PA.
13 los días PA.
16 a la noche PA.
17 A la noche, que finge PA.
20 a posarse en la mano. PA.

XV

La luz dudosa despierta,
pero la noche no está;
hacia las estrellas va,
sobre el horizonte alerta.
El aire tierno concierta
con esta cándida hora.
¿Qué labio forma sonora
dio a esa risa? La ventana
traza su verde persiana
en la enramada a la aurora.

XVI

La noche a la ventana.
Ya la luz se ha dormido.
Guardada está la dicha
en el aire vacío.

Levanta entre las hojas,
tú, mi aurora futura;
no dejes que me anegue
el sueño entre sus plumas.

[XV] 20-4-1926; PA(26).
1 La luz, dudosa, PA.
2 está: PA.
[XVI] 16-8-1925; *Revista de Occidente,* XXX (diciembre, 1925); PA(22), sin variantes.
3 Guardado está el secreto PA.
4 por el PA.
5-8 ¿Levanta entre las hojas / una aurora nocturna, / o el pavón que despliega / su indolencia de pluma? PA.

Pero escapa el deseo
por la noche entreabierta,
y en límpido reposo
el cuerpo se contempla.

Acreciente la noche
sus sombras y su calma,
que a su rosal la rosa
volverá la mañana.

Y una vaga promesa
acunando va el cuerpo.
En vano dichas busca
por el aire el deseo.

XVII

No es el aire puntual
el que tiende esa sonrisa,
en donde la luz se irisa
tornasol, sino el cristal;
que de tan puro, imparcial,
su materia transparente
hurta a los ojos, ausente
con imposible confín,
porque su presencia en fin
tan sólo el labio la siente.

9 Se ha marchado el deseo PA.
10 entreabierta PA.
17 Y la dulce promesa PA.
19 En vano el ansia busca PA.
20 aire el secreto. PA.
[XVII] 15-1-1927; *Verso y Prosa,* 5 (mayo, 1927); no está en PA.
2 sonrisa VP.
4 cristal, VP.

XVIII

Los muros nada más.
Yace la vida inerte,
sin vida, sin ruido,
sin palabras crueles.

La luz lívida escapa
y el cristal ya se afirma
contra la noche incierta,
de arrebatadas lluvias.

Alzada resucita
tal otra vez la casa;
los tiempos son idénticos,
distintas las miradas.

¿He cerrado la puerta?
El olvido me abre
sus desnudas estancias
grises, blancas, sin aire.

Pero nadie suspira.
Un llanto entre las manos
sólo. Silencio; nada.
La oscuridad temblando.

[XVIII] 30-7-1926; *Litoral,* 2 (diciembre, 1926); PA(19), sin variantes; *La invitación a la poesía,* sin variantes.
1 muros, PA.
2 vida, PA.
5 La luz, lívida, escapa, PA.
7 incierta PA.
9 Alzada, PA.
10 casa: PA.
18 manos, PA.
19 Silencio, nada: PA.

XIX

La desierta belleza sin oriente
a la prisión nocturna ciñe un cielo;
de su seno mortal levanta el suelo
el puro hastío que la llama siente.

Un ídolo corona negra frente
sobre voraz sonrisa. ¿Cuál anhelo
al ébano del vientre tendió el vuelo
y en su nido se duerme blandamente?

Soledad sin amor, sombra ni día,
la indolencia del ánimo se adueña;
postrada y fiel huye la edad mudable.

Hurta el primer placer su melodía,
y el tiempo mira un cuerpo que se sueña
en el cristal fingido irreparable.

[XIX] ¿1925?; *Revista de Occidente,* XXX (diciembre, 1925); no está en PA.
1 oriente. RO.
2 Ciñe la noche a la prisión un cielo. RO.
5 El ídolo RO.
8 y en su curva RO.
9 Aún más veloz que el tiempo marcha el día. RO; amor ni claro día, RD2.
10 La plegaria del ánimo se adueña RO; se adueña, RD2.
11 fiel al ídolo mudable. RO.
12 Huyen los sones, fuga de armonía. RO.
14 cristal, RD3.

XX

Los árboles al poniente
dan sombra a mi corazón.
¿Las hojas son verdes? Son
de oro fresco y transparente.
Buscando se irá el presente,
de rosas hecho y de penas.
y yo me iré. Las arenas
han de cubrirme algún hoy.
Canción mía, ¿qué te doy,
si alma y vida son ajenas?

XXI

Va la sombra invasora
despojando el espacio
y la luz fugitiva
huye a un mundo lejano.

Surge viva la lámpara
en la noche desierta,
defendiendo el recinto
con sus fuerzas ligeras.

[XX] 18-5-1926; PA(18).
5 Buscando, se va el presente PA.
6 hecho, de PA.
8 de esconderme PA.
[XXI] 30-8-1926; PA(17).
2 espacio, PA.
3-4 con la luz fugitivo, / más devuelto en el tacto. PA.
6 desierta PA.

Sólo el azul relámpago,
que vierte la ventana
hacia fuera, en el tiempo
misterioso resbala.

Cuán vanamente atónita
resucita de nuevo
la soledad. ¿Soñar?
Soñaremos que sueño.

Es la paz necesaria.
No se sabe; se olvida.
Otra noche acunando
esta dicha vacía.

XXII

En soledad. No se siente
el mundo, que un muro sella;
la lámpara abre su huella
sobre el diván indolente.
Acogida está la frente
al regazo del hastío.
¿Qué ausencia, qué desvarío
a la belleza hizo ajena?

9 azul rectángulo PA.
10 vierta PA.
13 ¡Cuán PA.
15 esta vida! ¿Soñar? PA.
18 sabe: PA.
[XXII] 14-10-1925; *Revista de Occidente,* XXX (diciembre, 1925); PA(28), sin variantes.
1-4 La soledad. No se siente / el mundo: sus hojas sella. / Ya la luz abre su huella / en la tersura indolente. PA.
7 ¿Qué prisa, PA.

Tu juventud nula, en pena
de un blanco papel vacío.

XXIII

Escondido en los muros
este jardín me brinda
sus ramas y sus aguas
de secreta delicia.

Qué silencio. ¿Es así
el mundo? Cruza el cielo
desfilando paisajes,
risueño hacia lo lejos.

Tierra indolente. En vano
resplandece el destino.
Junto a las aguas quietas
sueño y pienso que vivo.

Mas el tiempo ya tasa
el poder de esta hora;
madura su medida
escapa entre sus rosas.

9 Porque sólo el tiempo llena PA.
10 el blanco PA.
[XXIII] 9-6-1926; *La Verdad,* 57 (22 de agosto, 1926); PA(29), sin variantes salvo una coma que se suprime al final del verso 15. En PA lleva la dedicatoria: (A Jorge Guillén); *La invitación a la poesía,* sin variantes.
5 ¡Qué silencio! PA.
6 mundo?... PA.
8 risueño, PA.
9 ¡Tierra indolente! PA.
11 quietas, PA.
14 hora: PA.
16 escapa con PA.

Y el aire fresco vuelve
con la noche cercana,
su tersura olvidando
las ramas y las aguas.

ÉGLOGA, ELEGÍA, ODA

(1927-1928)

HOMENAJE *

Ni mirto ni laurel. Fatal extiende
su frontera insaciable el vasto muro
por la tiniebla fúnebre. En lo oscuro
todo vibrante un claro son asciende.

Cálida voz extinta, sin la pluma
que opacamente blanca la vestía,
ráfagas de su antigua melodía
levanta arrebatada entre la bruma.

Es un rumor celándose suave;
tras una gloria triste, quiere, anhela.
Con su acento armonioso se desvela
ese silencio sólido tan grave.

* 1-1-1928; *Carmen,* 3-4 (marzo, 1928), con el título: "Homenaje a Fray Luis de León".

3 fúnebre. Lo oscuro C; oscuro, RD3.

4 Un clarísimo son vibrando hiende C; vibrante, RD3.

9 suave. C.

10 Tras de una gloria triste, quiere, anhela... C.

El tiempo, duramente acumulando
olvido hacia el cantor, no lo aniquila;
su voz más joven vive, late, oscila
con un dejo inmortal que va cantando.

Mas el vuelo mortal tan dulce, ¿adónde
perdidamente huyó? Deshecho brío,
el mármol absoluto en un sombrío
reposo melancólico lo esconde.

Qué paz estéril, solitaria, llena
aquel vivir pasado, en lontananza,
aunque trabajo bello, con pujanza
surta una celestial, sonora vena.

Toda nítida, sí, vivaz perdura,
azulada en su grito transparente.
Pero un eco es tan solo; ya no siente
quien le infundió tan lúcida hermosura.

13 tiempo C.
14 el Cantor no lo aniquila. C.
15-16 Su voz eterna vive, late, oscila / Con un dejo purísimo: cantando. C; Siempre joven su voz, late y oscila, / Al mundo de los hombres va cantando. RD3.
17 mortal, C; dulce RD3.
18 huyó?... C.
21 ¡Qué C.
23 Aunque, RD3.
24 vena! C; Aún surta esa perenne, humana vena. RD3.
25 perdura C; Toda nítida aquí, vivaz perdura RD3.
26 En un son que es ahora transparente. RD3.
27 Pero un eco es tan sólo, ¡ay!: no siente C; Pero un eco, tan solo; ya no siente RD3.

Retrato de Luis Cernuda hacia 1928.

Flechas de adios sin huida
aletean al desgaire,
vuelos de lino que al aire
confian la despedida.
¿En qué ausencia está la herida
del arco que tiende al viento
un patetico lamento?
Eterno instante fingido
que deja un desvanecido
eco blando sin acento.

Poema autógrafo de Luis Cernuda.

ÉGLOGA *

Tan alta, sí, tan alta
en revuelo sin brío,
la rama el cielo prometido anhela,
que ni la luz asalta
este espacio sombrío
ni su divina soledad desvela.
Hasta el pájaro cela
al absorto reposo
su delgada armonía.
¿Qué trino colmaría,
en irisado rizo prodigioso
aguzándose lento,
como el silencio solo y sin acento?

Sólo la rosa asume
una presencia pura
irguiéndose en la rama tan altiva,
o equívoca se sume
entre la fronda oscura,
adolescente, esbelta, fugitiva.
Y la rama no esquiva
la gloria que la viste
aunque el peso la enoja;
ninguna flor deshoja,
sino ligera, lánguida resiste,
con airoso desmayo,
los dones que le brinda el nuevo mayo.

* 27-7-1927; *Carmen,* 1 (diciembre, 1927).
2 brío C.
10 colmaría C.
11 En dulcísimo rizo C.
21 viste, C.
22 enoja: C.
24 resiste C.
25 desmayo C.
26 Mayo C; la brinda RD2.

Si la brisa estremece
en una misma onda
el abandono de los tallos finos,
ágil tropel parece
tanta rosa en la fronda
de cuerpos fabulosos y divinos;
rosados torbellinos
de ninfas verdaderas
en fuga hacia el boscaje...
Aún trémulo el ramaje,
entre sus vueltas luce, prisioneras
de resistente trama,
las que impidió volar con tanta rama.

Entre las rosas yace
el agua tan serena,
gozándose a sí misma su hermosura;
ningún reflejo nace
tras de la onda plena,
fría, cruel, inmóvil de tersura.
Jamás esta clausura
su elemento desata;
sólo copia del cielo
algún rumbo, algún vuelo
que vibrando no burla tan ingrata
plenitud sin porfía.
Nula felicidad: monotonía.

32 divinos. C.
33 ¡Rosados C.
35 boscaje! C; boscaje. RD3.
36 ramaje C.
37 luce C.
38 trama C.
41 serena C.
42 hermosura. C; Gozando de sí misma en su hermosura; RD3.
44 plena C.
47 desata: C.
52 ¡Dulce felicidad: monotonía! C; felicidad; RD3.

Se sostiene el presente,
olvidado en su sueño,
con un ágil escorzo distendido.
Delicia. Dulcemente,
sin deseo ni empeño,
el instante indeciso está dormido.
¿Y ese son atrevido
que desdobla lejano
alguna flauta impura?
Con su lluvia tan dura
ásperamente riega y torna cano
al aire de esta umbría
esa indecisa, vana melodía.

Pero no. De algún eco
es riqueza mentida
ese vapor sonoro; fría vena
que en un confuso hueco
sus hielos liquida
y a la fronda tan muda así la llena.
Esta música ajena
en su masa no yace;
el eco, con su ala,
del labio que la exhala,
adonde clara, puramente nace,
hurtándola la cede
al aire que tan vano le sucede.

Idílico paraje
de dulzor tan primero,

53 presente C.
56 ¡Delicia! C.
65 Esta indecisa, C.
66 Acaso de algún eco RD3.
68 sonoro: C.
73 yace: C; Entre las cañas yace, RD3.
74 Y el eco, RD3.
76 Adonde pura, claramente nace, C.
77 Hurtándola, C, RD3.
79 ¡Dulcísimo paraje C.

nativamente digno de los dioses.
Mas, ¿qué frío celaje
se levanta ligero
en cenicientas ráfagas veloces?
Unas secretas voces
este júbilo ofenden
desde gris lontananza;
con estéril pujanza
otras pasadas primaveras tienden,
hasta la que hoy respira,
una tierna fragancia que suspira.

Y la dicha se esconde;
su presencia rehuye
la plenitud total ya prometida.
Infiel de nuevo, ¿adónde
turbadamente huye,
impaciente, entrevista, no rendida?
Está otra vez dormida,
en promesa probable
de inminente futuro.
Y deja yerto, oscuro,
este florido ámbito mudable,
a quien la luz asiste
con un dejo pretérito tan triste.

Sobre el agua benigna,
melancólico espejo
de congeladas, pálidas espumas,

81 dioses! C.
82 Mas C, RD3.
83 Enárcase ligero C; ligero, RD2.
87 lontananza: C.
89 tienden C.
90 respira C.
92 esconde. C.
98 De nuevo está dormida C.
101 oscuro C.
102 mudable C.

el crepúsculo asigna
un sombrío reflejo
en donde anega sus inertes plumas.
Cuánto acercan las brumas
el infecundo hastío;
tanta dulce presencia
aún próxima, es ausencia
en este instante plácido y vacío,
cuando, elevado monte,
la sombra va negando el horizonte.

Silencio. Ya decrecen
las luces que lucían.
Ni la brisa ni el viento al aire oscuro
vanamente estremecen
con los giros que abrían
ondas tan indolentes de azul puro.
¿Y qué invisible muro
su frontera más triste
gravemente levanta?
El cielo ya no canta,
ni su celeste eternidad asiste
a la luz y a las rosas,
sino el horror nocturno de las cosas.

111 ¡Cuánto C.
112 hastío! C.
113 ¡Tanta C.
116 altísimo monte, C.
117 horizonte! C.
122 Con sus ondas, que abrían RD3.
123 Surcos tan RD3.
126 Durísimo levanta? C.
127 canta C.
130 al horror C, RD3.

ELEGÍA *

Este lugar, hostil a los oscuros
avances de la noche vencedora,
ignorado respira ante la aurora,
sordamente feliz entre sus muros.

Pereza, noche, amor, la estancia quieta
bajo una débil claridad ofrece.
El esplendor sus llamas adormece
en la lánguida atmósfera secreta.

Y la pálida lámpara vislumbra
rosas, venas de azul, grito ligero
de un contorno desnudo, prisionero
tenuemente abolido en la penumbra.

Rosas tiernas, amables a la mano
que un dulce afán impulsa estremecida,
venas de ardiente azul; toda una vida
al insensible sueño vuelta en vano.

¿Vive o es una sombra, mármol frío
en reposo inmortal, pura presencia
ofreciendo su estéril indolencia
con un claro, cruel escalofrío?

Al indeciso soplo lento oscila
el bulto langoroso; se estremece
y del seno la onda oculta crece
al labio donde nace y se aniquila.

* 15-12-1927; *Verso y prosa,* 12 (octubre, 1928); *La invitación a la poesía.*

13 ¡Rosas VP.
14 estremecida! VP.
15 ¡Venas de ardiente azul! Toda mi vida VP; azul: IP.
21 Con indeciso VP, IP.
22 langoroso: VP, IP.

Equívoca delicia. Esa hermosura
no rinde su abandono a ningún dueño;
camina desdeñosa por su sueño,
pisando una falaz ribera oscura.

Del obstinado amante fugitiva,
rompe los delicados, blandos lazos.
A la mortal caricia, entre los brazos,
¿qué pureza tan súbita la esquiva?

Soledad amorosa. Ocioso yace
el cuerpo juvenil perfecto y leve.
Melancólica pausa. En triste nieve
el ardor soberano se deshace.

¿Y qué esperar, amor? Sólo un hastío,
el amargor profundo, los despojos.
llorando vanamente ven los ojos
ese entreabierto lecho torpe y frío.

Tibio blancor, jardín fugaz, ardiente,
donde el eterno fruto se tendía
y el labio alegre, dócil lo mordía
en un vasto sopor indiferente.

De aquel sueño orgulloso en su fecundo,
espléndido poder, una lejana
forma dormida queda, ausente y vana
entre la sorda soledad del mundo.

25 ¡Oh equívoca delicia! VP, IP.
26 dueño: VP, IP.
27 sueño VP, IP.
29 fugitiva VP, IP.
30 lazos; RD3.
33 ...Soledad VP.
37 Amor? Sólo un hastío; VP.
41 ¡Tibio VP, IP.
44 indiferente! VP, IP.
47 vana, VP.

Esta insaciable, ávida amargura,
flecha contra la gloria del amante,
¿enturbia ese sereno diamante
de la angélica noche inmóvil, pura?

Mas no. De un nuevo albor el rumbo lento
transparenta tan leve luz dudosa.
El pájaro en su rama melodiosa
alisando está el ala, el dulce acento.

Ya con rumor suave la belleza
esperada del mundo otra vez nace,
y su onda monótona deshace
este remoto dejo de tristeza.

ODA *

La tristeza sucumbe, nube impura
alejando su vuelo con sombrío
resplandor indolente, languidece
perdiéndose a lo lejos, leve, oscura.
El furor implacable del estío
toda la vida espléndida estremece
y profunda la ofrece
con sus felices horas,
sus soles, sus auroras,
delirante, azulado torbellino.
Desde la luz, el más puro camino,
con el fulgor que pisa compitiendo,
vivo, bello y divino,
un joven dios avanza sonriendo.

52 noche, VP, IP.
53 mundo lento VP.
58 nace. VP, IP.
* 23-7-1928.
1 impura, RD3.
3 languidece, RD3.

¿A qué cielo natal ajeno, ausente
le niega esa inmortal presencia esquiva,
ese contorno tibiamente pleno?
De mármol animado quiere y siente;
inmóvil pero trémulo se aviva
al soplo de un purpúreo anhelar lleno.
El dibujo sereno
del desnudo tan puro
en un reflejo duro
copia la luz que mira su reposo.
Y levantando el bulto prodigioso
desde el sueño remoto donde yace,
destino poderoso,
a la fuerza suprema firme nace.

Pero ¿es un dios? El ademán parece
romper de su actitud la pura calma
con un gesto de muda melodía
que luego suspendido no perece;
silencioso más vívido, con alma,
mantiene sucesiva su armonía.
El dios que traslucía
ahora olvidado yace;
eco suyo renace
el hombre que ninguna nube cela.
La hermosura diáfana no vela
ya la atracción humana ante el sentido;
y su forma revela
un mundo eternamente presentido.

15 natal, ajeno RD2; natal ajeno RD3.
18 animado, RD3.
19 Inmóvil, pero trémulo, RD3.
22 puro, RD3.
23 duro, RD3.
24 Con sombra y luz acusa su reposo. RD3.
31 melodía, RD3.
32 luego, suspendido, RD3.
33 Silencioso, RD3.
37 suyo, RD3.

Qué prodigiosa forma palpitante,
cuerpo perfecto en el vigor primero,
en su plena belleza tan humano.
Alzando su contorno triunfante,
sólido sí, mas ágil y ligero,
abre la vida inmensa ante su mano.
Todo el horror en vano
a esa firmeza entera
con sus sombras quisiera
derribar de tan fúlgida armonía.
Pero acero obstinado, sólo fía
en sí mismo ese orgullo tan altivo;
claramente se guía
con potencia admirable, libre y vivo.

Cuando la fuerza bella, la destreza
despliega en la amorosa empresa ingrata
el cuerpo; cuando trémulo suspira;
cuando en la sangre, oculta fortaleza,
el amor desbocado se desata,
el labio con afán ávido aspira
la gracia que respira
una forma indolente;
bajo su brazo siente
otro cuerpo de lánguida blancura
distendido, ofreciendo su ternura,
como cisne mortal entre el sombrío
verdor de la espesura,
que ama, canta y sucumbe en desvarío.

Mas los tristes cuidados amorosos
que tercamente la pasión reclama
de quien la vida entre sus manos deja,
el tierno lamentar, los enojosos
hastíos escondidos del que ama

47 Sólido, RD3.
53 Pero, RD3.
73 quien su vida en otras manos RD3.

y tantas lentas lágrimas de queja,
el azar firme aleja
de este cuerpo sereno;
a su vigor tan pleno
la libertad conviene solamente,
no el cuidado vehemente
de las terribles y fugaces glorias
que el amor más ardiente
halla en fin tras sus débiles victorias.

Así en su labio enamorada nace
un ala luminosa dilatando
por el viril semblante la alegría.
Y la antigua tristeza ya deshace,
desde el candor primero gravitando,
la amargura secreta que nutría.
El cuerpo sólo fía
en su bella destreza,
en su divina fuerza
que por los tensos músculos remueve.
Y a la orilla cercana, al agua leve,
la forma tras la extraña imagen salta;
relámpago de nieve
bajo la luz difusa de tan alta.

Sonriente, dormida bajo el cielo,
Soñaba el agua mientras fluye lenta,
idéntica a sí misma y fugitiva.
Mas en tumulto alzándose, en revuelo
de rota espuma, al nadador ostenta
ingrávido en su fuga a la deriva.
Y la forma se aviva
con reflejos de plata;

86 Sonrisa luminosa, dilatando RD3.

91-93 El cuerpo ya desvía / La natural crudeza / En hermosa destreza RD3.

96 tras su extraña imagen salta, RD3.

100 agua y transcurría lenta, RD3.

ata el río y desata,
en transparente lazo mal seguro,
aquel rumbo veloz entre su oscuro
anhelar ya resuelto en diamante.
La luz, esplendor puro,
cálida envuelve al cuerpo como amante.

Un frescor sosegado se levanta
hacia las hojas desde el verde río
y en invisible vuelo se diluye.
La sombra misteriosa ya suplanta
entre el boscaje ávido y sombrío
a la luz tan diáfana que huye.
Y la corriente fluye
con un rumor sereno;
todo el cielo está lleno
del trinar que algún pájaro desvela.
El bello cuerpo en pie, desnudo cela,
bajo la rama espesa, entretejida
como difícil tela,
su cegadora nieve estremecida.

Oh nuevo dios. Su deslumbrante brío
el crepúsculo vuelve vagoroso
en perezosa gracia seductora.
Todo el fúlgido encanto del estío
el fatigado bosque rumoroso
con reposo vacío lo evapora.
Vana y feliz la hora
al sopor indolente
se abandona; no siente

116 suplanta, RD3.
117 sombrío, RD3.
120 su rumor RD3.
127 Con deslumbrante RD3.
128 Al crepúsculo RD3.
129 Su perezosa RD3.
132 En reposo RD3.
133 feliz, RD3.

la silenciosa y lánguida hermosura.
Por la centelleante trama oscura
huye el cuerpo feliz casi en un vuelo,
dejando la espesura
por la delicia púrpura del cielo.

136 Su silenciosa RD3.

UN RÍO, UN AMOR

(1929)

REMORDIMIENTO EN TRAJE DE NOCHE *

Un hombre gris avanza por la calle de niebla;
no lo sospecha nadie. Es un cuerpo vacío;
Vacío como pampa, como mar, como viento,
desiertos tan amargos bajo un cielo implacable.

Es el tiempo pasado, y sus alas ahora
entre la sombra encuentran una pálida fuerza;
es el remordimiento, que de noche, dudando,
en secreto aproxima su sombra descuidada.

No estrechéis esa mano. La yedra altivamente
ascenderá cubriendo los troncos del invierno.
Invisible en la calma el hombre gris camina.
¿No sentís a los muertos? Mas la tierra está sorda.

15-4-1929; *Litoral,* 8 (mayo, 1929), sin división estrófica. Junto con los dos poemas que siguen, lleva el título común: "Cielo sin dueño".

1 niebla. L.
2 nadie: L; vacío. L.
5 Soy el tiempo pasado. Y mis alas ahora L.
6 una fuerza más joven. L.
7 Soy el remordimiento que de noche dudando L.
8 Aproxima en secreto L.

QUISIERA ESTAR SOLO EN EL SUR *

Quizá mis lentos ojos no verán más el sur
de ligeros paisajes dormidos en el aire,
con cuerpos a la sombra de ramas como flores
o huyendo en un galope de caballos furiosos.

El sur es un desierto que llora mientras canta,
y esa voz no se extingue como pájaro muerto;
hacia el mar encamina sus deseos amargos
abriendo un eco débil que vive lentamente.

En el sur tan distante quiero estar confundido.
La lluvia allí no es más que una rosa entreabierta;
su niebla misma ríe, risa blanca en el viento.
Su oscuridad, su luz son bellezas iguales.

SOMBRAS BLANCAS **

Sombras frágiles, blancas, dormidas en la playa,
dormidas en su amor, en su flor de universo,
el ardiente color de la vida ignorando
sobre un lecho de arena y de azar abolido.

* 20-4-1929; *Litoral,* 8 (mayo, 1929), sin división estrófica (ver la nota al poema anterior); G. Diego, *Poesía española. Antología 1915-1931,* sin puntuación; *La invitación a la poesía,* sin puntuación.

** 21-4-1929; *Litoral,* 8 (mayo, 1929), sin división estrófica (ver la nota al poema "Remordimiento en traje de noche").

3 color de aventura L.

4 y azar RD2; y de azar RD3.

Libremente los besos desde sus labios caen
en el mar indomable como perlas inútiles;
perlas grises o acaso cenicientas estrellas
ascendiendo hacia el cielo con luz desvanecida.

Bajo la noche el mundo silencioso naufraga;
bajo la noche rostros fijos, muertos, se pierden.
Sólo esas sombras blancas, oh blancas, sí, tan
blancas.
La luz también da sombras, pero sombras azules.

CUERPO EN PENA *

Lentamente el ahogado recorre sus dominios
donde el silencio quita su apariencia a la vida.
Transparentes llanuras inmóviles le ofrecen
árboles sin colores y pájaros callados.

Las sombras indecisas alargándose tiemblan,
mas el viento no mueve sus alas irisadas;
si el ahogado sacude sus lívidos recuerdos
halla un golpe de luz, la memoria del aire.

Un vidrio denso tiembla delante de las cosas,
un vidrio que despierta formas color de olvido;
olvidos de tristeza, de un amor, de la vida,
ahogados como un cuerpo sin luz, sin aire, muerto.

6 inútiles. L.
9 naufraga L.
10 muertos L.
* 29-4-1929; *Revista de Occidente,* XXVI (noviembre, 1929).
1 dominios, RO.
6 irisadas. RO.
7 recuerdos, RD3.
9 denso oscila RO.
10 olvido, RO.
11 amor, de aventura, RO.
12 sin aire, ahogados. RO.

Delicados, con prisa, se insinúan apenas
vagos revuelos grises, encendiendo en el agua
reflejos de metal o aceros relucientes,
y su rumbo acuchilla las simétricas olas.

Flores de luz tranquila despiertan a lo lejos,
flores de luz quizá, o miradas tan bellas
como pudo el ahogado soñarlas una noche,
sin amor ni dolor, en su tumba infinita.

A su fulgor el agua seducida se aquieta,
azulada sonrisa asomando en sus ondas.
Sonrisas, oh miradas alegres de los labios;
miradas, oh sonrisas de la luz triunfante.

Desdobla sus espejos la prisión delicada;
claridad sinuosa, errantes perspectivas.
Perspectivas que rompe con su dolor ya muerto
ese pálido rostro que solemne aparece.

Su insomnio maquinal el ahogado pasea.
El silencio impasible sonríe en sus oídos.
Inestable vacío sin alba ni crepúsculo,
monótona tristeza, emoción en ruinas.

En plena mar al fin, sin rumbo a toda vela;
hacia lo lejos, más, hacia la flor sin nombre.
Atravesar ligero como pájaro herido
ese cristal confuso, esas luces extrañas.

13 prisa RO.
18 quizá RO.
19 noche RO.
20 dolor RO.
23 labios, RO.
25 delicada, RO.
26 perspectivas, RO.
33 rumbo, RO, RD3; vela, RO.

Pálido entre las ondas cada vez más opacas
el ahogado ligero se pierde ciegamente
en el fondo nocturno como un astro apagado.
Hacia lo lejos, sí, hacia el aire sin nombre.

DESTIERRO *

Ante las puertas bien cerradas,
sobre un río de olvido, va la canción antigua.
Una luz lejos piensa
como a través de un cielo.
Todos acaso duermen
mientras él lleva su destino a solas.

Fatiga de estar vivo, de estar muerto,
con frío en vez de sangre,
con frío que sonríe insinuando
Por las aceras apagadas.

Le abandona la noche y la aurora lo encuentra,
tras sus huellas la sombra tenazmente.

NEVADA **

En el estado de Nevada
los caminos de hierro tienen nombres de pájaro,
son de nieve los campos
y de nieve las horas.

37 ondas, cada vez más opacas, RO.
* 2-5-1929.
5 duermen, RD3.
** 8-5-1929; G. Diego, *Poesía española. Antología 1915-1931,* sin puntuación.
1 Estado RD2.

Las noches transparentes
abren luces soñadas
sobre las aguas o tejados puros
constelados de fiesta.

Las lágrimas sonríen,
la tristeza es de alas,
y las alas, sabemos,
dan amor inconstante.

Los árboles abrazan árboles,
una canción besa otra canción;
por los caminos de hierro
pasa el dolor y la alegría.

Siempre hay nieve dormida
sobre otra nieve, allá en Nevada.

COMO EL VIENTO *

Como el viento a lo largo de la noche,
amor en pena o cuerpo solitario,
toca en vano a los vidrios,
sollozando abandona las esquinas;

o como a veces marcha en la tormenta,
gritando locamente
con angustia de insomnio,
mientras gira la lluvia delicada;

18 Sobre la nieve GD.
* 10-5-1929; G. Diego, *Poesía española. Antología 1915-1931,* sin puntuación.
6 locamente, RD3.

sí, como el viento a que un alba le revela
su tristeza errabunda por la tierra,
su tristeza sin llanto,
su fuga sin objeto;

como él mismo extranjero,
como el viento huyo lejos.
Y sin embargo vine como luz.

DECIDME ANOCHE *

La presencia del frío junto al miedo invisible
hiela a gotas oscuras la sangre entre la niebla,
entre la niebla viva, hacia la niebla vaga
por un espacio ciego de rígidas espinas.

Con vida misteriosa quizá los hombres duermen
mientras desiertos blancos representan el mundo;
espacios tan pequeños como tímida mano,
silenciosos, vacíos bajo una luz sin vida.

Sí, la tierra está sola, bien sola con sus muertos,
al acecho quizá de inerte transeúnte
que sin gestos arrostre su látigo nocturno;
mas ningún cuerpo viene ciegamente soñando.

El dolor también busca errante entre la noche,
tras la sombra fugaz de algún gozo indefenso;
y sus pálidos pasos callados se entrelazan,
incesante fantasma con mirada de hastío.

9 al que RD3.
* 19-5-1929.
7 Son espacios pequeños RD3.
13 busca, RD3.

Fantasma que desfila prisionero de nadie,
falto de voz, de manos, apariencia sin vida,
como llanto impotente por las ramas ahogado
o repentina fuga estrellada en un muro.

Sí, la tierra está sola; a solas canta, habla
con una voz tan débil que no la alcanza el cielo;
canta risas o plumas atravesando espacio
bajo un sol calcinante reflejado en la arena.

Es íntima esa voz, sólo para ella misma;
al exterior la sombra presta asilo inseguro.
Un grito acaso pasa disfrazado con luces,
luchando vanamente contra el miedo y el frío.

¿Dónde palpita el hielo? Dentro, aquí, entre la vida,
en un centro perdido de apagados recuerdos,
de huesos ateridos en donde silba el aire
con un rumor de hojas que se van una a una.

Sus plumas moribundas va extendiendo la niebla
para dormir en tierra un ensueño harapiento,
ensueño de amenazas erizado de nieve,
olvidado en el suelo, amor menospreciado.

Se detiene la sangre por los miembros de piedra
como al coral sombrío fija el mar enemigo,
como coral helado en el cuerpo deshecho,
en la noche sin luz, en el cielo sin nadie.

21 habla, RD3.

OSCURIDAD COMPLETA *

No sé por qué, si la luz entra,
los hombres andan bien dormidos,
recogiendo la vida su apariencia
joven de nuevo, bella entre sonrisas,
no sé por qué he de cantar
o verter de mis labios vagamente palabras;
palabras de mis ojos,
palabras de mis sueños perdidos en la nieve.

De mis sueños copiando los colores de nubes,
de mis sueños copiando nubes sobre la pampa.

HABITACIÓN DE AL LADO **

A través de una noche en pleno día
vagamente he conocido a la muerte.
No la acompaña ningún lebrel;
vive entre los estanques disecados,
fantasmas grises de piedra nebulosa.

¿Por qué soñando al deslizarse con miedo,
ese miedo imprevisto estremece al durmiente?
Mirad vencido olvido y miedo a tantas sombras blancas
por las pálidas dunas de la vida,
no redonda ni azul, sino lunática,
con sus blancas lagunas, con sus bosques
en donde el cazador si quiere da caza al terciopelo.

* 2-7-1929.
4-5 en RD3 se introduce separación estrófica entre los versos.
** 5-7-1929.
6 soñando, RD3.

Pero ningún lebrel acompaña a la muerte.
ella con gran amor sólo ama los pájaros,
pájaros siempre mudos, como lo es el secreto,
con sus grandes colores formando un torbellino
en torno a la mirada fijamente metálica.

Y los durmientes desfilan como nubes
por un cielo engañoso donde chocan las manos,
las manos aburridas que cazan terciopelos o nubes
descuidadas.

Sin vida está viviendo solo profundamente.

ESTOY CANSADO *

Estar cansado tiene plumas,
tiene plumas graciosas como un loro,
plumas que desde luego nunca vuelan,
mas balbucean igual que loro.

Estoy cansado de las casas
prontamente en ruinas sin un gesto,
estoy cansado de las cosas
con un latir de seda vueltas luego de espaldas.

Estoy cansado de estar vivo,
aunque más cansado sería el estar muerto;
estoy cansado del estar cansado
entre plumas ligeras sagazmente,
plumas del loro aquel tan familiar o triste,
el loro aquel del siempre estar cansado.

14 con mucho amor RD3.
* 6-7-1929; G. Diego, *Poesía española. Antología 1915-1931,* sin puntuación; *La invitación a la poesía,* sin puntuación.
5 casas, RD3.
6 gesto; RD3.
7 cosas, RD3.

EL CASO DEL PÁJARO ASESINADO *

Nunca sabremos, nunca,
por qué razón un día
esas luces temblaron levemente;
fue una llorosa espuma,
una brisa más grande, nada acaso.
Sólo las olas saben.

Por eso hoy muestran desdeñosas
su color de miradas,
su color ignorante todavía, aunque un recuerdo
le cante algo, algo levemente.

Fue un pájaro quizá asesinado;
nadie sabe. Por nadie
o por alguien quizá triste en las piedras,
en los muros del cielo.

Mas de ello hoy nada se sabe.
Sólo un temblor de luces levemente,
un color de miradas en las olas o en la brisa;
también, acaso, un miedo.
Todo, es verdad, inseguro.

DURANGO **

Las palabras quisieran expresar los guerreros,
bellos guerreros impasibles,
con el mañana gris abrazado, tal un amante,
sin dejarles partir hacia las olas.

* 7-7-1929.
10 Les cante RD3.
** 9-7-1929.
3 como un amante, RD3.

Por la ventana abierta
muestra el destino su silencio;
sólo nubes con nubes, siempre nubes
más allá de otras nubes semejantes,
sin palabras, sin voces,
sin decir, sin saber;
últimas soledades que no aguardan mañana.

Durango está vacío
al pie de tanto miedo infranqueable;
llora consigo a solas la juventud sangrienta
de los guerreros bellos como luz, como espuma.

Por sorpresa los muros
alguna mano dejan revolando a veces;
sus dedos entreabiertos
dicen adiós a nadie,
saben algo quizá ignorado en Durango.

En Durango postrado,
con hambre, miedo, frío,
pues sus bellos guerreros sólo dieron,
raza estéril en flor, tristeza, lágrimas.

DAYTONA *

Hubo un día en que el día no engañaba,
en que sus manos tristes no sostenían un cuervo
indiferente como los labios de la lluvia,
como el rojizo hastío.

Mas hoy es imposible
buscar la luz entre barcas nocturnas;

* 11-7-1929.

alguien cortó la piedra en flor,
sin que pudiera el mundo
incendiar la tristeza.

Sólo un lugar existe, cuyos días
nada saben de aquello,
aunque todo allí sea mortal, el miedo, hasta las
plumas;
mas las olas abrazan
a tanta luz aún viva.

A tanta luz desbordando en la arena,
desbordando en las nubes, desbordando en el tiempo,
que dormita sin voz entre las ramas,
olvidado fantasma con su collar de frío.

Mirad cómo sonríe hacia el amor Daytona.

DESDICHA *

Un día comprendió cómo sus brazos eran
solamente de nubes;
Imposible con nubes estrechar hasta el fondo
un cuerpo, una fortuna.

La fortuna es redonda y cuenta lentamente
estrellas del estío;
hacen falta unos brazos seguros como el viento,
y como el mar un beso.

* 19-7-1929.
6 estío. RD3.

Pero él con sus labios,
con sus labios no sabe sino decir palabras;
palabras hacia el techo,
palabras hacia el suelo.
Y sus brazos son nubes que transforman la vida
en aire navegable.

NO INTENTEMOS EL AMOR NUNCA *

Aquella noche el mar no tuvo sueño.
cansado de contar, siempre contar a tantas olas,
quiso vivir hacia lo lejos,
donde supiera alguien de su color amargo.

Con una voz insomne decía cosas vagas,
barcos entrelazados dulcemente
en un fondo de noche,
o cuerpos siempre pálidos, con su traje de olvido
viajando hacia nada.

Cantaba tempestades, estruendos desbocados
bajo cielos con sombra,
como la sombra misma,
como la sombra siempre
rencorosa de pájaros estrellas.

Su voz atravesando luces, lluvia, frío,
alcanzaba ciudades elevadas a nubes,
cielo Sereno, Colorado, Glaciar del Infierno,
todas puras de nieve o de astros caídos
en sus manos de tierra.

12 suelo, RD3.
* 19-7-1929; G. Diego, *Poesía española. Antología 1915-1931,* sin puntuación.
18 puras de anuncios GD.

Mas el mar se cansaba de esperar las ciudades.
allí su amor tan sólo era un pretexto vago
con sonrisa de antaño,
ignorado de todos.

Y con sueño de nuevo se volvió lentamente
adonde nadie
sabe nada de nadie.
adonde acaba el mundo.

LINTERNA ROJA *

Albergue oscuro con mendigos de noche
abrazando girones de frío,
mientras por los grupos inertes, igual que flor de
lluvia,
contemplan cómo pasa una sonrisa.

Poseen estos cuerpos miserables
formas de ojos sin luz o de arena caída;
vivir allí, canta una voz, si las manos no fallan,
es alegre como un amor aprisionado.

Esos mendigos son los reyes sin corona
que buscaron la dicha más allá de la vida,
que buscaron la flor jamás abierta,
que buscaron deseos terminados en nubes.

* 27-7-1929; *Héroe,* 6 (1932), sin puntuación.
3 Mientras que los grupos inertes, iguales a una flor de lluvia, RD3.
7 Vivir, allí RD3.

Los cuerpos palidecen como olas,
la luz es un pretexto de la sombra,
la risa va muriendo lentamente,
y mi vida también se va con ella.

Mas las sombras no son mendigos o coronas,
son los años de hastío esta noche con vida;
y mi vida es ahora un hombre melancólico
sin saber otra cosa que su llanto.

MARES ESCARLATA *

Un gemido molusco
parece nada de importancia;
mas la noche un gemido son las olas
de mármol encendido,
corolas fatigadas
o lascivas columnas.

Un gemido no es nada; son los mares
coronados de otoño
ante la puerta seca, como cauce
olvidado de todos,
su dolor contra un muro.

Un grito acaso pueda ofrecer más encantos
con el manto escarlata,
con el pecho escarlata.

Son los mares, los mares desbordados
que atraviesan ciudades humeantes.

* 31-7-1929.
3 Mas de noche RD3.
12 encantos, RD3.

RAZÓN DE LAS LÁGRIMAS *

La noche por ser triste carece de fronteras.
Su sombra, en rebelión como la espuma,
rompe los muros débiles
avergonzados de blancura;
noche que no puede ser otra cosa sino noche.

Acaso los amantes acuchillan estrellas,
acaso la aventura apague una tristeza.
Mas tú, noche, impulsada por deseos
hasta la palidez del agua,
aguardas siempre en pie quién sabe a cuáles ruiseñores.

Más allá se estremecen los abismos
poblados de serpientes entre pluma,
cabecera de enfermos
no mirando otra cosa que la noche
mientras cierran el aire entre los labios.

La noche, la noche deslumbrante
que junto a las esquinas retuerce sus caderas,
aguardando quién sabe,
como yo, como todos.

* 6-8-1929.
16 deslumbrante, RD3.
18 Aguardando, RD3.

TODO ESTO POR AMOR *

Derriban gigantes de los bosques para hacer un durmiente,
derriban los instintos como flores,
deseos como estrellas
para hacer sólo un hombre con su estigma de hombre.

Que derriben también imperios de una noche,
monarquías de un beso,
no significa nada;
que derriben los ojos, que derriben las manos como estatuas vacías,
acaso dice menos.

Mas este amor cerrado por ver sólo su forma,
su forma entre las brumas escarlata,
quiere imponer la vida, como otoño ascendiendo tantas hojas
hacia el último cielo,
donde estrellas
sus labios dan a otras estrellas,
donde mis ojos, estos ojos,
se despiertan en otros.

* 6-8-1929; *La invitación a la poesía,* sin puntuación; en RD4 se da erróneamente el título: "Todo es por amor".
3 estrellas, RD3.
11 escarlata RD3.
13 el último piso IP.
15-16 en IP hay una división estrófica entre los versos.

NO SÉ QUÉ NOMBRE DARLE EN MIS SUEÑOS *

Ante mi forma encontré aquella forma
en tiempo de crepúsculo,
cuando las desapariciones
confunden los colores a los ojos,
cuando el último amor
busca el cuerpo postrero.

Una angustia sin fondo aullaba entre las piedras;
hacia el aire, hombres sordos,
la cabeza olvidada,
pasaban a lo lejos como libres o muertos.
Vergonzoso cortejo de fantasmas
con las cadenas rotas colgando de las manos.

La vida puso entonces una lámpara
sobre muros sangrientos;
el día ya cansado secaba tristemente
las futuras auroras, remendadas
como harapos de rey.

La lámpara eras tú,
mis labios, mi sonrisa,
forma que hallan mis manos en todo lo que alcanzan.

Si mis ojos se cierran es para hallarte en sueños
detrás de la cabeza,
detrás del mundo esclavizado,
en ese país perdido
que un día abandonamos sin saberlo.

* 8-8-1929.
10 muertos; RD3.
21 sueños, RD3.

DUERME, MUCHACHO *

La rabia de la muerte, los cuerpos torturados,
la revolución, abanico en la mano,
impotencia del poderoso, hambre del sediento,
duda con manos de duda y pies de duda;

la tristeza, agitando sus collares
para alegrar un poco tantos viejos;
todo unido entre tumbas como estrellas,
entre lujurias como lunas;

la muerte, la pasión en los cabellos,
dormitan tan minúsculas como un árbol,
dormitan tan pequeñas o tan grandes
como un árbol crecido hasta llegar al suelo.

Hoy sin embargo está también cansado.

DRAMA O PUERTA CERRADA **

La juventud sin escolta de nubes,
los muros, voluntad de tempestades,
la lámpara como abanico fuera o dentro,
dicen con elocuencia aquello no ignorado,
aquello que algún día débilmente
ante la muerte misma se abandona.

* 9-8-1929; *Nueva Revista,* 6 (14 de mayo, 1930), sin puntuación, junto con el poema siguiente, bajo el título común "A Little River A Little Love", dedicado "A Buddy Van Arlen".

9 La aventura, la fuga en los cabellos NR.

** 16-8-1929; *Nueva Revista,* 6 (14 de mayo, 1930), véase la nota al poema anterior.

3 lámpara, RD3.

Hueso aplastado por la piedra de sueños,
¿qué hacer desprovistos de salida,
si no es sobre puente tendido por el rayo
para unir dos mentiras,
mentira de vivir o mentira de carne?

Sólo sabemos esculpir biografías
en músicas hostiles,
sólo sabemos contar afirmaciones
o negaciones, cabellera de noche,
sólo sabemos invocar como niños el frío
por miedo de irnos solos a la sombra del tiempo.

DEJADME SOLO *

Una verdad es color de ceniza,
otra verdad es color de planeta;
mas todas las verdades, desde el suelo hasta el suelo,
no valen la verdad sin color de verdades,
la verdad ignorante de cómo el hombre suele
encarnarse en la nieve

En cuanto a la mentira, basta decirle "quiero"
para que brote entre las piedras
su flor, que en vez de hojas luce besos,
espinas en lugar de espinas.

La verdad, la mentira,
como labios azules,
una dice, otra dice;

8 hacer, RD3.
13 hostiles; RD3.
15 noche; RD3.
16 al frío RD3.
* 16-8-1929; *La invitación a la poesía,* sin puntuación.

pero nunca pronuncian verdades o mentiras su
secreto torcido,
verdades o mentiras
son pájaros que emigran cuando los ojos mueren.

CARNE DE MAR *

Dentro de breves días será otoño en Virginia,
cuando los cazadores, la mirada de lluvia,
vuelven a su tierra nativa, el árbol que no olvida,
corderos de apariencia terrible;
dentro de breves días será otoño en Virginia.

Sí, los cuerpos estrechamente enlazados,
los labios en la llave más íntima,
¿qué dirá él, hecho piel de naufragio
o dolor con la puerta cerrada,
dolor frente a dolor,
sin esperar amor tampoco?

El amor viene y va, mira;
el amor viene y va,
sin dar limosna a nubes mutiladas,
por vestidos harapos de tierra,
y él no sabe, nunca sabrá más nada.

Ahora inútil pasar la mano sobre otoño.

13 torcido; RD3.
* 18-8-1929; *La invitación a la poesía,* sin puntuación.
4 terrible, RD3.
11 Sin esperar la muerte tampoco. IP.
15 Por vestido IP.

Retrato de Luis Cernuda hacia 1928.

Callada. Sabanas mudas.
Entreabierta en la almohada
el sueño con su marfil
la cabellera peinaba.

El labio duerme. No dice
lo que supieron las alas.
Entre las aguas del sueño
sirena leda, se salva.

¿Qué blanco corcel de espuma
impidió que se anegara?
La está guardando el silencio.
Callan el eco y las auras.

Poema autógrafo de Luis Cernuda.

VIEJA RIBERA *

Tanto ha llovido desde entonces,
entonces, cuando los dientes no eran carne, sino días
pequeños como un río ignorante
a sus padres llamando porque siente sueño,
tanto ha llovido desde entonces,
que ya el paso se olvida en la cabeza.

Unos dicen que sí, otros dicen que no;
mas sí y no son dos alas pequeñas,
equilibrio de un cielo dentro de otro cielo,
como un amor está dentro de otro,
como el olvido está dentro del olvido.

Si el suplicio con ira pide fiestas
entre las noches más viriles,
no haremos otra cosa que apuñalar la vida,
sonreír ciegamente a la derrota,
mientras los años, muertos como un muerto,
abren su tumba de estrellas apagadas.

LA CANCIÓN DEL OESTE **

Jinete sin cabeza,
jinete como un niño buscando entre rastrojos
llaves recién cortadas,
víboras seductoras, desastres suntuosos,
navíos para tierra lentamente de carne,
de carne hasta morir igual que muere un hombre.

* 22-8-1929.
** 28-8-1929.

A lo lejos
una hoguera transforma en ceniza recuerdos,
noches como una sola estrella,
sangre extraviada por las venas un día,
furia color de amor,
amor color de olvido,
aptos ya solamente para triste bohardilla.

Lejos canta el oeste,
aquel oeste que las manos antaño
creyeron apresar como al aire la luna;
mas la luna es madera, las manos se liquidan
gota a gota, idénticas a lágrimas.

Olvidemos pues todo, incluso el mismo oeste;
olvidemos que un día las miradas de ahora
lucirán a la noche, como tantos amantes,
sobre el lejano oeste,
sobre amor más lejano.

¿SON TODOS FELICES? *

El honor de vivir con honor gloriosamente,
el patriotismo hacia la patria sin nombre,
el sacrificio, el deber de labios amarillos,
no valen un hierro devorando
poco a poco algún cuerpo triste a causa de ellos
mismos.

16 como el aire a la luna; RD2.
19 al mismo RD3.
* 28-8-1929; *Poesía* (París), IV:4 (1931), sin puntuación, junto con el poema que sigue y bajo el título común: "Un río un amor".

Abajo pues la virtud, el orden, la miseria;
abajo todo, todo, excepto la derrota,
derrota hasta los dientes, hasta ese espacio helado
de una cabeza abierta en dos a través de soledades,
sabiendo nada más que vivir es estar a solas con la
muerte.

Ni siquiera esperar ese pájaro con brazos de mujer,
con voz de hombre oscurecida deliciosamente,
porque un pájaro, aunque sea enamorado,
no merece aguardarle como cualquier monarca
aguarda que las torres maduren hasta frutos podridos.

Gritemos sólo,
gritemos a un ala enteramente
para hundir tantos cielos,
tocando entonces soledades con mano disecada.

NOCTURNO ENTRE LAS MUSARAÑAS *

Cuerpo de piedra, cuerpo triste
entre lanas con muros de universo,
idéntico a las razas cuando cumplen años,
a los más inocentes edificios,
a las más pudorosas cataratas,
blancas como la noche, en tanto la montaña
despedaza formas enloquecidas,
despedaza dolores como dedos,
alegrías como uñas.

14 aguardarle, RD3.
17 enteramente, RD3.
* 29-8-1929; *Poesía* (París), IV:4 (1931), véase la nota al poema anterior; G. Diego, *Poesía española. Antología 1915-1931,* sin puntuación.
2 lanas como muros RD3.

No saber dónde ir, dónde volver,
buscando los vientos piadosos
que destruyen las arrugas del mundo,
que bendicen los deseos cortados a raíz
antes de dar su flor,
su flor grande como un niño.
Los labios quieren esa flor,
cuyo puño, besado por la noche,
abre las puertas del olvido labio a labio.

COMO LA PIEL *

Ventana huérfana con cabellos habituales,
gritos del viento,
atroz paisaje entre cristal de roca
prostituyendo los espejos vivos,
flores clamando a gritos
su inocencia anterior a obesidades.

Esas cuevas de luces venenosas
destrozan los deseos, los durmientes;
luces como lenguas hendidas
penetrando en los huesos hasta hallar la carne,
sin saber que en el fondo no hay fondo,
no hay nada, sino un grito,
un grito, otro deseo
sobre una trampa de adormideras crueles.

En un mundo de alambre
donde el olvido vuela por debajo del suelo,
en un mundo de angustia,
alcohol amarillento,

16 flor RD3.
* 31-8-1929.
3 roca, RD3.

plumas de fiebre,
ira subiendo a un cielo de vergüenza,
algún día nuevamente resurgirá la flecha
que abandona el azar
cuando una estrella muere como otoño para olvidar
su sombra.

LOS PLACERES PROHIBIDOS*

(1931)

* A partir de RD3, el poeta añade ocho poemas en prosa (escritos por las mismas fechas: abril-junio de 1931), intercalados entre la poesía.

DIRÉ CÓMO NACISTEIS *

Diré cómo nacisteis, plareces prohibidos,
como nace un deseo sobre torres de espanto,
amenazadores barrotes, hiel descolorida,
noche petrificada a fuerza de puños
ante todos, incluso el más rebelde,
apto solamente en la vida sin muros.

Corazas infranqueables, lanzas o puñales,
todo es bueno si deforma un cuerpo;
tu deseo es beber esas hojas lascivas
o dormir en ese agua acariciadora.
No importa;
ya declaran tu espíritu impuro.

No importa la pureza, los dones que un destino
levantó hacia las aves con manos imperecederas;
no importa la juventud, sueño más que hombre,
la sonrisa tan noble, playa de seda bajo la tempestad
de un régimen caído.

* 20-4-1931; G. Diego, *Poesía española. Antología 1915-1931,* sin puntuación.
4 puños, RD3.

Placeres prohibidos, planetas terrenales,
miembros de mármol con sabor de estío,
jugo de esponjas abandonadas por el mar,
flores de hierro resonantes como el pecho de un hombre.

Soledades altivas, coronas derribadas,
libertades memorables, manto de juventudes;
quien insulta esos frutos, tinieblas en la lengua,
es vil como un rey, como sombra de rey
arrastrándose a los pies de la tierra
para conseguir un trozo de vida.

No sabía los límites impuestos,
límites de metal o papel,
ya que el azar le hizo abrir los ojos bajo una luz tan alta
adonde no llegan realidades vacías,
leyes hediondas, códigos, ratas de paisajes derruidos.

Extender entonces la mano
es hallar una montaña que prohibe,
un bosque impenetrable que niega,
un mar que traga adolescentes rebeldes.

Pero si la ira, el ultraje, el oprobio y la muerte,
ávidos dientes sin carne todavía,
amenazan abriendo sus torrentes,
de otro lado vosotros, placeres prohibidos,
bronce de orgullo, blasfemia que nada precipita,
tendéis en una mano el misterio,
sabor que ninguna amargura corrompe,
cielos, cielos relampagueantes que aniquilan.

21 hierro, RD3.
30 alta, RD3.
41 orgullo que nada GD.

Abajo, estatuas anónimas,
sombras de sombras, miseria, preceptos de niebla;
una chispa de aquellos placeres
brilla en la hora vengativa.
Su fulgor puede destruir vuestro mundo.

TELARAÑAS CUELGAN DE LA RAZÓN *

Telarañas cuelgan de la razón
en un paisaje de ceniza absorta;
ha pasado el huracán de amor,
ya ningún pájaro queda.
Tampoco ninguna hoja;
todas van lejos, como gotas de agua
de un mar cuando se seca,
cuando no hay ya lágrimas bastantes,
porque alguien, cruel como un día de sol en
  primavera,
con sólo su presencia ha dividido en dos un cuerpo.

Ahora hace falta recoger los trozos de prudencia,
aunque siempre nos falte alguno;
recoger la vida vacía
y caminar esperando que lentamente se llene,
si es posible otra vez, como antes,
de sueños desconocidos y deseos invisibles.

Tú nada sabes de ello,
tú estás allá, cruel como el día;

* Abril, 1931.
5 hoja, RD3.
10 Con su sola presencia RD3.
15 posible, RD3.

El día, esa luz que abraza estrechamente un triste
muro,
un muro, ¿no comprendes?
un muro frente al cual estoy solo.

ADÓNDE FUERON DESPEÑADAS *

¿Adónde fueron despeñadas aquellas cataratas,
tanto besos de amantes, que la pálida historia
con signos venenosos presenta luego al peregrino
sobre el desierto, como un guante
que olvidado pregunta por su mano?

Tú lo sabes, Corsario;
corsario que se goza en tibios arrecifes,
cuerpos gritando bajo el cuerpo que les visita
y sólo piensan en la caricia,
sólo piensan en el deseo,
como bloque de vida
derretido lentamente por el frío de la muerte.

Otros cuerpos, Corsario, nada saben;
déjalos pues.
Vierte, viértete sobre mis deseos,
ahórcame en tus brazos tan jóvenes,
que con la vista ahogada,
con la voz última que aún abran mis labios,
diré amargamente cómo te amo.

* 13-4-1931; *Hoja literaria* (Madrid), febrero, 1933, sin puntuación.

8 visita, RD3.

16 Ahórcate en mis brazos RD3.

18 que abran HL; que aún brotan RD2; que aún broten RD3.

QUÉ RUIDO TAN TRISTE *

Qué ruido tan triste el que hacen dos cuerpos cuando
se aman,
parece como el viento que se mece en otoño
sobre adolescentes mutilados,
mientras las manos llueven,
manos ligeras, manos egoístas, manos obscenas,
cataratas de manos que fueron un día
flores en el jardín de un diminuto bolsillo.

Las flores son arena y los niños son hojas,
y su leve ruido es amable al oído
cuando ríen, cuando aman, cuando besan,
cuando besan el fondo
de un hombre joven y cansado
porque antaño soñó mucho día y noche.

Mas los niños no saben,
ni tampoco las manos llueven como dicen;
así el hombre, cansado de estar solo con sus sueños,
invoca los bolsillos que abandonan arena,
arena de las flores,
para que un día decoren su semblante de muerto.

NO DECÍA PALABRAS **

No decía palabras,
acercaba tan sólo un cuerpo interrogante,

* 13-4-1931; G. Diego, *Poesía española. Antología 1915-1931,* sin puntuación.

** 13-4-1931; G. Diego, *Poesía española. Antología 1915-1931,* sin puntuación.

2 su cuerpo GD.

porque ignoraba que el deseo es una pregunta
cuya respuesta no existe,
una hoja cuya rama no existe,
un mundo cuyo cielo no existe.

La angustia se abre paso entre los huesos,
remonta por las venas
hasta abrirse en la piel,
surtidores de sueño
hechos carne en interrogación vuelta a las nubes.

Un roce al paso,
una mirada fugaz entre las sombras,
bastan para que el cuerpo se abra en dos,
ávido de recibir en sí mismo
otro cuerpo que sueñe;
mitad y mitad, sueño y sueño, carne y carne;
iguales en figura, iguales en amor, iguales en deseo.
Aunque sólo sea una esperanza,
porque el deseo es pregunta cuya respuesta nadie
  sabe.

SI EL HOMBRE PUDIERA DECIR *

Si el hombre pudiera decir lo que ama,
si el hombre pudiera levantar su amor por el cielo
como una nube en la luz;
si como muros que se derrumban,
para saludar la verdad erguida en medio,

17 y carne, RD3.
18-19 en RD3 se introduce división estrófica entre los versos.
20 es una pregunta RD3.
* 13-4-1931.

pudiera derrumbar su cuerpo, dejando sólo la verdad
de su amor,
la verdad de sí mismo,
que no se llama gloria, fortuna o ambición,
sino amor o deseo,
yo sería al fin aquel que imaginaba;
aquel que con su lengua, sus ojos y sus manos
proclama ante los hombres la verdad ignorada,
la verdad de su amor verdadero.

Libertad no conozco sino la libertad de estar preso
en alguien
cuyo nombre no puedo oír sin escalofrío;
alguien por quien me olvido de esta existencia
mezquina,
por quien el día y la noche son para mí lo que quiera,
y mi cuerpo y espíritu flotan en su cuerpo y espíritu,
como leños perdidos que el mar anega o levanta,
libremente, con la libertad del amor,
la única libertad que me exalta,
la única libertad porque muero.

Tú justificas mi existencia.
Si no te conozco, no he vivido;
si muero sin conocerte, no muero, porque no he
vivido.

UNOS CUERPOS SON COMO FLORES *

Unos cuerpos son como flores,
otros como puñales,

10 sería aquel RD3.
18 espíritu RD3.
19 levanta RD3.
23 existencia: RD3.
* 14-4-1931.

otros como cintas de agua;
pero todos, temprano o tarde,
serán quemaduras que en otro cuerpo se agranden,
convirtiendo por virtud del fuego a una piedra en un hombre.

Pero el hombre se agita en todas direcciones,
sueña con libertades, compite con el viento,
hasta que un día la quemadura se borra,
volviendo a ser piedra en el camino de nadie.

Yo, que no soy piedra, sino camino
que cruzan al pasar los pies desnudos,
muero de amor por todos ellos;
les doy mi cuerpo para que lo pisen,
aunque les lleve a una ambición o a una nube,
sin que ninguno comprenda
que ambiciones o nubes
no valen un amor que se entrega.

LOS MARINEROS SON LAS ALAS DEL AMOR *

Los marineros son las alas del amor,
son los espejos del amor,
el mar les acompaña,
y sus ojos son rubios lo mismo que el amor
rubio es también, igual que son sus ojos.

La alegría vivaz que vierten en las venas
rubia es también,
idéntica a la piel que asoman;
no les dejéis marchar porque sonríen
como la libertad sonríe,
luz cegadora erguida sobre el mar.

* 15-4-1931; *Murta* (Valencia), 5 (febrero, 1932), sin puntuación; *La invitación a la poesía,* sin puntuación.

Si un marinero es mar,
rubio mar amoroso cuya presencia es cántico,
no quiero la ciudad hecha de sueños grises;
quiero sólo ir al mar donde me anegue,
barca sin norte,
cuerpo sin norte hundirme en su luz rubia.

QUISIERA SABER POR QUÉ ESTA MUERTE *

Quisiera saber por qué esta muerte
al verte, adolescente rumoroso,
mar dormido bajo los astros negros,
aún constelado por escamas de sirenas,
o seda que despliegan,
cambiante de fuegos nocturnos
y acordes palpitantes,
rubio igual que la lluvia,
sombrío igual que la vida es a veces.

Aunque sin verme desfiles a mi lado,
huracán ignorante,
estrella que roza mi mano abandonada su eternidad,
sabes bien, recuerdo de siglos,
cómo el amor es lucha
donde se muerden dos cuerpos iguales.

Yo no te había visto;
miraba los animalillos gozando bajo el sol verdeante,
despreocupado de los árboles iracundos,
cuando sentí una herida que abrió la luz en mí;
el dolor enseñaba
que una forma, aunque opaca, puede ser luminosa.

15 Quiero ir M, IP.
* 17-4-1931.
5 despliegan RD3.
21 en RD3 se constituyen dos versos: Cómo una forma opaca, copiando luz ajena, / Parece luminosa.

Tan luminosa,
que mis horas perdidas, yo mismo,
quedamos diluidos en la sombra,
anónimo destino que rozan gritos hostiles
en noches de placer,
para no ser ya más
que memoria de luz;
de luz que vi morir,
seda, agua o árbol, un momento.

DÉJAME ESTA VOZ *

Déjame esta voz que tengo,
lo mismo que a la pampa le dejan
sus matorrales de deseo,
sus ríos secos colgando de las piedras.

Déjame vivir como acero mohoso,
sin puño, tirado en las nubes;
no quiero saber de la gloria envidiosa
con rabo y cuernos de ceniza.

Un anillo tuve de luna
tendida en la noche a comienzos de otoño;
lo dí a un mendigo tan joven
que sus ojos parecían dos lagos.

24 Quedamos redimidos de la sombra, RD3.
25-26 en RD3 se suprimen estos dos versos.
29 que vi cruzarme, RD3.
* 29-4-1931; G. Diego, *Poesía española. Antología 1915-1931,* sin puntuación; *La invitación a la poesía,* sin puntuación.
5 mohoso RD2.

Me ahogué en fin, amigos;
ahora duermo donde nunca despierte.
No saber más de mí mismo es algo triste;
dame la guitarra para guardar las lágrimas.

DE QUÉ PAÍS *

De qué país eres tú,
dormido entre realidades como bocas sedientas,
vida de sueños azuzados,
y ese duelo que exhibes por la avenida de los
monumentos,
donde dioses y diosas olvidados
levantan brazos inexistentes o miradas marmóreas.

La vieja hilaba en su jardín ceniciento;
tapias, pantanos, aullidos de crepúsculo,
yedra, batistas, allá se endurecían,
mirando aquellas ruedas fugitivas
hacia las cuales levantaba la arcilla un puño amenazante.

El país es un nombre;
es igual que tú, recién nacido, vengas
al norte, al sur, a la niebla, a las luces;
tu destino será escuchar lo que digan
las sombras inclinadas sobre la cuna.

Una mano dará el poder de sonrisa,
otra dará las rencorosas lágrimas,
otra el puñal experimentado,
otra el deseo que se corrompe, formando bajo la vida
la charca de cosas pálidas,

14 despierto. RD3.
* 30-4-1931.
9 Hiedras, RD3.

donde surgen serpientes, nenúfares, insectos, maldades,
corrompiendo los labios, lo más puro.

No podrás pues besar con inocencia,
ni vivir aquellas realidades que te gritan con lengua
inagotable.
Deja, deja, harapiento de estrellas;
muérete bien a tiempo.

TU PEQUEÑA FIGURA *

Tu pequeña figura, sola en algún camino,
cae lentamente desde la luz,
semejante a la arena desde un brazo,
cuando la mano, poema perdido,
abre diez estrellas sobre el otoño de rojiza resonancia.

No sabes, no sabes;
buscas por la tierra un estremecimiento blanquecino,
mientras los muros con su yedra antigua
crecen lentamente ante el ocaso.

Tristeza sin guarida y sin pantano,
sales de un frío para entrar en otro;
abandonas la hierba tan cariñosa
para pedir que el amor no te olvide.

Palabras de demente o palabras de muerto,
es igual.
Escucha el agua, escucha la lluvia, escucha la tormenta;
esa es tu vida:
líquido lamento fluyendo entre sombras iguales.

* 22-5-1931.
8 muros, con su hiedra antigua, RD3.
9 sobre el ocaso. RD3.

QUÉ MÁS DA *

Qué más da el sol que se pone o el sol que se levanta,
la luna que nace o la luna que muere.

Mucho tiempo, toda mi vida, esperé verte surgir
entre las tinieblas monótonas,
luz inextinguible, prodigio rubio como la llama;
ahora que te he visto sufro, porque igual que ellos
no has sido para mí menos brillante,
menos efímero o menos inaccesible que el sol y la luna
alternados.

Mas yo sé lo que digo si a ellos te comparo,
porque aun siendo brillante, efímero, inaccesible,
tu recuerdo, como el de ambos astros,
basta para iluminar ausente toda esta sombra que me
envuelve.

EL MIRLO, LA GAVIOTA **

El mirlo, la gaviota,
el tulipán, las tuberosas,
la pampa dormida en Argentina,
el Mar Negro como después de una muerte,
las niñitas, los tiernos niños,
las jóvenes, el adolescente,
la mujer adulta, el hombre,
los ancianos, las pompas fúnebres,

* 15-6-1931.
5 igual que aquéllos RD3.
11 iluminar, tú ausente, toda esta niebla RD3.
** 23-4-1931; *La invitación a la poesía,* sin puntuación.

van girando lentamente con el mundo;
como si una ciruela verde,
picoteada por el tiempo,
fuese inconmovible en la rama.

Tiernos niñitos, yo os amo;
os amo tanto, que vuestra madre
creería que intentaba haceros daño.

Dame las glicinas azules sobre la tapia inocente,
las magnolias embriagadoras sobre la falda blanca y vacía,
el libro melancólico entreabierto,
las piernas entreabiertas,
los bucles rubios del adolescente;
con todo ello haré el filtro sempiterno.
bebe unas gotas y verás la vida como a través de un
  vidrio coloreado.
Déjame, ya es hora de que duerma,
de dormir este sueño inacabable.

Quiero despertar algún día,
saber que tu pelo, niño,
tu dulce vientre y tus espaldas,
no son nada, nada, nada.

Recoger conchas delicadas;
mira qué suave matiz rosa.

Las escamas de los súbitos peces,
los músculos dorados del marino,
sus labios salados y frescos
me retienen preso en la red de espejismo.

21 sempiterno: RD3.
27 Tu vientre suave y tus espaldas RD3.
29 delicadas: RD3.
30 Mira qué viso violado. RD3.
33 frescos, RD3.
34 Me prenden en un mundo de espejismo. RD3.

Creo en el mundo,
creo en ti que no conozco aún,
creo en mí mismo,
porque algún día yo seré todas las cosas que amo:
el aire, el agua, las plantas, el adolescente.

COMO LEVE SONIDO *

Como leve sonido,
hoja que roza un vidrio,
agua que acaricia unas guijas,
lluvia que besa una frente juvenil;

como rápida caricia,
pie desnudo sobre el camino,
dedos que ensayan el primer amor,
sábanas tibias sobre el cuerpo solitario;

como fugaz deseo,
seda brillante en la luz,
esbelto adolescente entrevisto,
lágrimas por ser más que un hombre;

como esta vida que no es mía
y sin embargo es la mía;
como este afán sin nombre
que no me pertenece y sin embargo soy yo;

35 Creo en la vida, RD3.
37 mismo; RD3.
* 23-4-1931; *La invitación a la poesía,* sin puntuación.
1 sonido: RD3.
3 Agua que pasa RD3.
5 caricia: RD3.
9 deseo: RD3.
14 mía, RD3.
14-15 en IP hay una división estrófica entre los versos.

como todo aquello que de cerca o de lejos
me roza, me besa, me hiere,
tu presencia está conmigo fuera y dentro,
es mi vida misma y no es mi vida,
así como una hoja y otra hoja
son la apariencia del viento que las lleva.

TE QUIERO *

Te quiero.

Te lo he dicho con el viento,
jugueteando tal un animalillo en la arena
o iracundo como órgano tempestuoso;

te lo he dicho con el sol,
que dora desnudos cuerpos juveniles
y sonríe con todas las cosas inocentes;

te lo he dicho con las nubes,
frentes melancólicas que sostienen el cielo,
tristezas fugitivas;

te lo he dicho con las plantas,
leves caricias transparentes
que se cubren de rubor repentino;

te lo he dicho con el agua,
vida luminosa que vela un fondo de sombra;

te lo he dicho con el miedo,
te lo he dicho con la alegría,
con el hastío, con las terribles palabras.

* 23-4-1931.
3 Jugueteando como animalillo RD3.
12 Leves criaturas RD3.

Pero así no me basta;
más allá de la vida
quiero decírtelo con la muerte,
más allá del amor
quiero decírtelo con el olvido.

VEÍA SENTADO *

Veía sentado junto al agua
con vago ademán de olvido,
veía las hojas, los días, los semblantes,
el fondo siempre pálido del cielo,
conversando indiferentes entre ellos mismos.

Veía la luz agitarse eficazmente,
un pequeño lagarto de visita,
las piedrecillas vanidosas
disputando el lugar a las tristes hierbas.

Veía reinos perdidos o quizá ganados,
veía mi juventud ni ganada ni perdida,
veía mi cuerpo distante, tan extraño
como yo mismo, allá en extraña hora.

Veía los canosos muros disgustados
murmurando entre dientes sus vagas blasfemias,
veía más allá de los muros
el mundo como can satisfecho,
veía al inclinarme sobre la verdad
un cuerpo que no era el cuerpo mío.

19 basta: RD3.
20 vida, RD3.
21 muerte; RD3.
22 amor, RD3.
* Abril, 1931; *La invitación a la poesía,* sin puntuación.

Subiendo hasta mí mismo
aquí vive desde entonces,
mientras aguardo que tu propia presencia
haga inútil ese triste trabajo
de ser yo solo el amor y su imagen.

HE VENIDO PARA VER *

He venido para ver semblantes
amables como viejas escobas,
he venido para ver las sombras
que desde lejos me sonríen.

He venido para ver los muros
en el suelo o en pie indistintamente,
he venido para ver las cosas,
las cosas soñolientas por aquí.

He venido para ver los mares
dormidos en cestillo italiano,
he venido para ver las puertas,
el trabajo, los tejados, las virtudes
de color amarillo ya caduco.

He venido para ver la muerte
y su graciosa red de cazar mariposas,
he venido para esperarte
con los brazos un tanto en el aire,
he venido no sé por qué;
un día abrí los ojos, he venido.

* 29-4-1931; G. Diego, *Poesía española. Antología 1915-1931,* sin puntuación; *La invitación a la poesía,* sin puntuación.
19 ojos: RD3.

Por ello quiero saludar sin insistencia
a tantas cosas más que amables,
los amigos de color celeste,
los días de color variable,
la libertad del color de mis ojos.

Los niñitos de seda tan clara,
los entierros aburridos como piedras,
la seguridad, ese insecto
que anida en los volantes de la luz.

Adiós, dulces amantes invisibles,
siento no haber dormido en vuestros brazos.
Vine por esos besos solamente;
guardar los labios por si vuelvo.

21 amables: RD3.
24 ojos; RD3.
32 Guardad RD3.

DONDE HABITE EL OLVIDO*

(1932-1933)

* Se publica como libro en 1934. Lleva como lema el verso de Bécquer que da título al libro. Se dan fechas de composición: 1931-1933. Salvo el texto inicial en prosa, carece de puntuación.

Como los erizos, ya sabéis, los hombres un día sintieron su frío. Y quisieron compartirlo. Entonces inventaron el amor. El resultado fue, ya sabéis, como en los erizos.

¿Qué queda de las alegrías y penas del amor cuando éste desaparece? Nada, o peor que nada; queda el recuerdo de un olvido. Y menos mal cuando no lo punza la sombra de aquellas espinas; de aquellas espinas, ya sabéis.

Las siguientes páginas son el recuerdo de un olvido. *

I

Donde habite el olvido,
en los vastos jardines sin aurora;
donde yo sólo sea
memoria de una piedra sepultada entre ortigas
sobre la cual el viento escapa a sus insomnios.

* Enero, 1933.
2 compartirle. DHO.
8 espinas... De DHO.
[I] 5-5-1932; *Héroe,* 4 (1932), sin puntuación; *La invitación a la poesía,* sin puntuación.

Donde mi nombre deje
al cuerpo que designa en brazos de los siglos,
donde el deseo no exista.

En esa gran región donde el amor, ángel terrible,
no esconda como acero
en mi pecho su ala,
sonriendo lleno de gracia aérea mientras crece el
 tormento.
Allá donde termine este afán que exige un dueño a
 imagen suya,
sometiendo a otra vida su vida,
sin más horizonte que otros ojos frente a frente.

Donde penas y dichas no sean más que nombres,
cielo y tierra nativos en torno de un recuerdo;
donde al fin quede libre sin saberlo yo mismo,
disuelto en niebla, ausencia,
ausencia leve como carne de niño.

Allá, allá lejos;
donde habite el olvido.

II

Como una vela sobre el mar
resume ese azulado afán que se levanta
hasta las estrellas futuras,
vida de náufragos insaciables
hecha escala de olas,
por donde pies divinos descienden al abismo

[II] 10-5-1932; *La invitación a la poesía,* sin puntuación.
4 en RD3 se suprime este verso.
5 Hecho RD3; olas RD3.
6 abismo, RD3.

esperado a lo largo de las noches,
también tu forma férrea,
angel, demonio, sueño de un amor soñado,
resume en mí un afán que en otro tiempo levantaba
hasta las nubes sus olas melancólicas,
cadenas de tristeza aprisionando
un ímpetu celeste.

Sintiendo todavía los pulsos de ese afán,
yo, el más enamorado,
en las orillas del amor,
sin que una luz me vea
definitivamente muerto o vivo,
contemplo sus olas y quisiera anegarme;
deseando perdidamente
descender, como los ángeles aquellos por la escala de espuma,
hasta el fondo del mismo amor que ningún hombre ha visto.

III

Esperé un dios en mis días
para crear mi vida a su imagen,
mas el amor, como un agua,
arrastra afanes al paso.

7 en RD3 se suprime este verso.
8 forma misma, RD3.
11 melancólicas. RD3.
12-13 en RD3 se suprimen estos versos.
19 anegarme, RD3.
[III] 10-5-1932; *Héroe,* 3 (1932), dedicado "A Ramón Gaya", sin puntuación.
3-4 Pero el amor es un agua / Que arrastra H.

Me he olvidado a mí mismo en sus ondas
vacío el cuerpo, doy contra las luces;
vivo y no vivo, muerto y no muerto;
ni tierra ni cielo, ni cuerpo ni espíritu.

Soy eco de algo;
los estrechan mis brazos siendo aire,
lo miran mis ojos siendo sombra,
lo besan mis labios siendo sueño.

He amado, ya no amo más;
he reído, tampoco río.

IV

Yo fui.

Columna ardiente, luna de primavera.
Mar dorado, ojos grandes.

Busqué lo que pensaba;
pensé, como al amanecer en sueño lánguido,
lo que pinta el deseo en días adolescentes.

Canté, subí,
fui luz un día
arrastrado en la llama.

Como un golpe de viento
que deshace la sombra,
caí en lo negro,
en el mundo insaciable.

He sido.

5 en esas ondas H; ondas, RD2; ondas; RD3.
[IV] 11-5-1932; *Revista de Occidente,* CXIV (diciembre, 1932), sin puntuación.
2 primavera, RD3.

V

Quiero, con afán soñoliento,
gozar de la muerte más leve
entre bosques y mares de escarcha,
hecho aire que pasa y no sabe.

Quiero la muerte entre mis manos,
fruto tan ceniciento y rápido,
igual al cuerno leve
de la luz cuando nace en el invierno.

Quiero beber al fin su lejana amargura;
quiero escuchar su sueño con rumor de arpa
mientras siento las venas que se enfrían,
porque la frialdad tan sólo me consuela.

Voy a morir de un deseo,
si un deseo sutil vale la muerte;
a vivir sin mí mismo de un deseo,
sin despertar, sin acordarme,
allá en la luna perdido entre su frío.

VI

El mar es un olvido,
una canción, un labio;
el mar es un amante,
fiel respuesta al deseo.

[V] 7-6-1932; *Héroe,* 3 (1932), sin puntuación.
7 cuerno frágil RD3.
8 cuando brota H.
12 Porque la soledad DHO.
[VI] 3-8-1932.

Es como un ruiseñor,
y sus aguas son plumas;
impulsos que levantan
a las frías estrellas.

Sus caricias son sueño,
entreabren la muerte,
son lunas accesibles,
son la vida más alta.

Sobre espaldas oscuras
las olas van gozando.

VII

Adolescente fui en días idénticos a nubes,
cosa grácil, visible por penumbra y reflejo,
y extraño es, si ese recuerdo busco,
que tanto, tanto duela sobre el cuerpo de hoy.

Perder placer es triste
como la dulce lámpara sobre el lento nocturno;
aquel fui, aquel fui, aquel he sido;
era la ignorancia mi sombra.

Ni gozo ni pena; fui niño
prisionero entre muros cambiantes;
historias como cuerpos, cristales como cielos,
sueño luego, un sueño más alto que la vida.

Cuando la muerte quiera
una verdad quitar de entre mis manos,
las hallará vacías, como en la adolescencia
ardientes de deseo, tendidas hacia el aire.

6 plumas, RD3.
[VII] 13-8-1932.

VIII

Nocturno, esgrimes horas
sordamente profundas;
en esas horas fulgen
luces de ojos absortos.

Bajo el cielo de hierro
da hojas la amargura,
lenta entre las cadenas
que sostienen la vida.

Hechos vibrante fuego
o filo inextinguible
los condenados tuercen
sus cuerpos en la sombra.

Ya no es vida ni muerte
el tormento sin nombre,
es un mundo caído
donde silba la ira.

Es un mar delirante,
clamor de todo espacio,
voz que de sí levanta
las alas de un dios póstumo.

[VIII] 17-8-1932; *Revista de Occidente,* CXIV (diciembre, 1932), sin puntuación.
10 inextinguible, RD3.

IX

Era un sueño, aire
tranquilo en la nada;
al abrir los ojos
las ramas perdían.

exhalaba el tiempo
luces vegetales,
amores caídos,
tristeza sin donde.

Volvía la sombra;
agua eran sus labios.
Cristal, soledades,
la frente, la lámpara.

Pasión sin figura,
pena sin historia;
como herida al pecho,
un beso, el deseo.

No sabes, no sabes.

X

Bajo el anochecer inmenso,
bajo la lluvia desatada, iba
como un ángel que arrojan
de aquel edén nativo.

[IX] 19-9-1932; *Revista de Occidente,* CXIV (diciembre, 1932), sin puntuación.
[X] 26-9-1932; *Revista de Occidente,* CXIV (diciembre, 1932), sin puntuación.

Absorto el cuerpo aún desnudo,
todo frío ante la brusca tristeza,
lo que en la luz fue impulso, las alas,
antes candor erguido,
a la espalda pesaban sordamente.

Se buscaba a sí mismo,
pretendía olvidarse a sí mismo;
niños en brazos del aire,
en lo más poderoso descansando,
mano en la mano, frente en la frente.

Entre precipitadas formas vagas,
vasta estela de luto sin retorno,
arrastraba dos lentas soledades,
su soledad de nuevo, la del amor caído.

Ellas fueron sus alas en tiempos de alegría,
esas que por el fango derribadas
burla y respuesta dan al afán que interroga,
al deseo de unos labios.

Quisiste siempre, al fin sabes
cómo ha muerto la luz, tu luz un día,
mientras vas, errabundo mendigo, recordando,
  deseando;
recordando, deseando.

Pesa, pesa el deseo recordado;
fuerza joven quisieras para alzar nuevamente,
con fango, lágrimas, odio, injusticia,
la imagen del amor hasta el cielo,
la imagen del amor en la luz pura.

8 en RO falta este verso.
12-13 en RO y DHO forman un solo verso.
12 Niño RD3.

XI

No quiero, triste espíritu, volver
por los lugares que cruzó mi llanto,
latir secreto entre los cuerpos vivos
como yo también fui.

No quiero recordar
un instante feliz entre tormentos;
goce o pena, es igual,
todo es triste al volver.

Aún va conmigo como una luz lejana
aquel destino niño,
aquellos dulces ojos juveniles,
aquella antigua herida.

No, no quisiera volver,
sino morir aún más,
arrancar una sombra,
olvidar un olvido.

XII

No es el amor quien muere,
somos nosotros mismos.

[XI] 28-9-1932; *Revista de Occidente,* CXIV (diciembre, 1932), sin puntuación.

[XII] 27-11-1932; *La invitación a la poesía,* sin puntuación; *Noreste* (Zaragoza), 11 (verano, 1935), sin puntuación.

2 Sino nosotros IP, N.

Inocencia pristina
abolida en deseo,
olvido de sí mismo en otro olvido,
ramas entrelazadas,
¿por qué vivir si desaparecéis un día?

Sólo vive quien mira
siempre ante sí los ojos de su aurora,
sólo vive quien besa
aquel cuerpo de ángel que el amor levantara.

Fantasmas de la pena,
a lo lejos, los otros,
los que ese amor perdieron,
como un recuerdo en sueños,
recorriendo las tumbas
otro vacío estrechan.

Por allá van y gimen,
muertos en pie, vidas tras de la piedra,
golpeando impotencia,
arañando la sombra
con inútil ternura.

No, no es el amor quien muere.

XIII
MI ARCÁNGEL

No solicito ya ese favor celeste, tu presencia;
como incesante filo contra el pecho,
como el recuerdo, como el llanto,
como la vida misma vas conmigo.

3 Inocencia primera RD3.
15-16 en IP y N se invierte el orden de estos versos.
[XIII] 19-2-1933 (?); *Héroe,* 5 (1932), sin puntuación.

Tú fluyes en mis venas, respiras en mis labios,
te siento en mi dolor;
bien vivo estás en mí, vives en mi amor mismo,
aunque a veces
pesa la luz, la soledad.

Vuelto en el lecho, como niño sin nadie frente al
muro,
contra mi cuerpo creo,
radiante enigma, el tuyo;
no ríes así ni hieres,
no marchas ni te dejas, pero estás conmigo.

Estás conmigo como están mis ojos en el mundo,
dueños de todo por cualquier instante,
mas igual que ellos, al hacer la sombra, luego vuelvo,
mendigo a quien despojan de su misma pobreza,
al yerto infierno de donde he surgido.

XIV

Eras tierno deseo, nube insinuante,
vivías con el aire entre cuerpos amigos,
alentabas sin forma, sonreías sin voz,
dejo inspirado de invisible espíritu.

Nuestra impotencia, lenta espina,
quizá en ti hubiera sido fuerza adolescente;
no dolor irrisorio ni placer egoísta,
no sueño de una vida ni maldad triunfante.

5 fluyes por H, DHO.
16 instante; RD3.
17 al haber la sombra H.
18 hasta de su pobreza H, DHO.
[XIV] 17-3-1933; *El Sol* (Madrid), 25-5-1933, con el título: "Eras tierno deseo". En RD3 se añade la dedicatoria: "A Concha Méndez y Manuel Altolaguirre".

Como nube feliz que pasa sin la lluvia,
como un ave olvidada de la rama nativa,
a un tiempo poseíste muerte y vida
sin haber muerto, sin haber vivido.

Entre el humo tan triste, entre las flacas calles
de una tierra medida por los odios antiguos,
no has descubierto así, vueltos contra tu dicha,
el poder con sus manos de fango,
un dios abyecto disponiendo destinos,
la mentira y su cola redonda erguida sobre el mundo,
el inerme amor llorando entre las tumbas.

Tu leve ausencia, eco sin nota, tiempo sin historia,
pasando igual que un ala,
deja una verdad transparente;
verdad que supo y no sintió,
verdad que vio y no quiso.

XV

El invisible muro
entre los brazos todos,
entre los cuerpos todos,
islas de maldad irrisoria.

No hay besos, sino losas;
no hay amor, sino losas
tantas veces medidas por el paso
febril del prisionero.

10 ave ignorante de S.
11 vida, RD3.
[XV] 24-3-1933; *El Sol* (Madrid), 5-4-1933, con el título: "Antiguo clamor" y la dedicatoria: "A Carlos Morla", sin puntuación.

Quizá el aire afuera
suene cantando al mundo
el himno de la fiel alegría;
quizá, glorias enajenadas,
alas radiantes pasan.

Un deseo inmenso,
afán de una verdad,
bate contra los muros,
bate contra la carne
como un mar entre hierros.

Ávidos un momento
unos ojos se alzan
hacia el rayo del día,
relámpago cobrizo victorioso
con su espada tan alta.

Entre piedras de sombra,
de ira, llanto, olvido,
alienta la verdad.

La prisión,
la prisión viva.

XVI

No hace al muerto la herida,
hace tan sólo un cuerpo inerte;
como el hachazo un tronco
despojado de sones y caricias,
todo triste abandono al pie de cualquier senda.

[XVI] 28-3-1933.
2 Hace no más DHO.
3 al tronco, RD3.
5 Todo abandono a solas al pie DHO.

Bien tangible es la muerte;
mentira, amor, placer no son la muerte.
La mentira no mata,
aunque su filo clave como puñal alguno;
el amor no envenena,
aunque como un escorpión deje los besos;
el placer no es naufragio,
aunque vuelto fantasma ahuyente todo olvido.

Pero tronco y hachazo,
placer, amor, mentira,
beso, puñal, naufragio,
a la luz del recuerdo son heridas
de labios siempre ávidos;
un deseo que no cesa,
un grito que se pierde
y clama al mundo sordo su verdad implacable.

Voces al fin ahogadas con la voz de la vida,
por las heridas mismas,
igual que un río, escapando;
un triste río cuya espalda aún refleja
las antiguas caricias,
el antiguo candor, la fe puesta en un cuerpo.

No creas nunca, no creas sino en la muerte de todo;
contempla bien ese tronco que muere
hecho el muerto más muerto,
como tus ojos, como tus deseos, como tu amor;
ruina y miseria que un día se anegan en inmenso olvido,
dejando, burla suprema, una fecha vacía,
huella inútil que la luz deserta.

25 río cuyo fluir se lleva RD3.
29 muere, RD3.

LOS FANTASMAS DEL DESEO *

Yo no te conocía, tierra;
con los ojos inertes, la mano aleteante,
lloré todo ciego bajo tu verde sonrisa,
aunque, alentar juvenil, sintiera a veces
un tumulto sediento de postrarse
como huracán henchido aquí en el pecho;
ignorándote, tierra mía,
ignorando tu alentar, huracán o tumulto,
idénticos en esta melancólica burbuja que yo soy
a quien tu voz de acero inspirara un menudo vivir.

Bien sé ahora que tú eres
quien me dicta esta forma y este ansia;
sé al fin que el mar esbelto,
la enamorada luz, los niños sonrientes,
no son sino tú misma;
que los vivos, los muertos,
el placer y la pena,
la soledad, la amistad,
la miseria, el poderoso estúpido,
el hombre enamorado, el canalla,
son tan dignos de mí como de ellos yo lo soy;
mis brazos, tierra, son ya más anchos, ágiles,
para llevar tu afán que nada satisface.

El amor no tiene esta o aquella forma,
no puede detenerse en criatura alguna;
todas son por igual viles y soñadoras.
placer que nunca muere,
beso que nunca muere,
sólo en ti misma encuentro, tierra mía.

* 10-5-1933; *El Sol* (Madrid), 9-6-1933, sin puntuación. En RD3 hay dedicatoria: "A Bernabé Fernández-Canivell".
5 postrarse, RD3.

Nimbos de juventud, cabellos rubios o sombríos,
rizosos o lánguidos como una primavera,
sobre cuerpos cobrizos, sobre radiantes cuerpos
que tanto he amado inútilmente,
no es en vosotros donde la vida está, sino en la tierra,
en la tierra que aguarda, aguarda siempre
con sus labios tendidos, con sus brazos abiertos.

Dejadme, dejadme abarcar, ver unos instantes
este mundo divino que ahora es mío,
mío como lo soy yo mismo,
como lo fueron otros cuerpos que estrecharon mis
brazos,
como la arena, que al besarla los labios
finge otros labios, dúctiles al deseo
hasta que el viento lleva sus mentirosos átomos.

Como la arena, tierra,
como la arena misma,
la caricia es mentira, el amor es mentira, la amistad es
mentira.
Tú sola quedas con el deseo,
con este deseo que aparenta ser mío y ni siquiera es mío,
sino el deseo de todos,
malvados, inocentes,
enamorados o canallas.

Tierra, tierra y deseo.
Una forma perdida.

42 deseo, RD3.

INVOCACIONES A LAS GRACIAS DEL MUNDO*

(1934-1935)

* En RD3 el título se reduce a *Invocaciones.*

A UN MUCHACHO ANDALUZ *

Te hubiera dado el mundo,
muchacho que surgiste
al caer de la luz por tu Conquero,
tras la colina ocre,
entre pinos antiguos de perenne alegría.

¿Eras emanación del mar cercano?
Eras el mar aún más
que las aguas henchidas con su aliento,
encauzadas en río sobre tu tierra abierta,
bajo el inmenso cielo con nubes que se orlaban de rotos resplandores.

Eras el mar aún más
tras de las pobres telas que ocultaban tu cuerpo;
eras forma primera,
eras fuerza inconsciente de su propia hermosura.

Y tus labios, de fulmíneo bisel,
eran la vida misma,
como una ardiente flor
nutrida con la savia

* 22-8-1934.
15 de bisel tan terso, RD3.

de aquella piel oscura
que infiltraba nocturno escalofrío.

Si el amor fuera un ala...

La incierta hora con nubes desgarradas,
el río oscuro y ciego bajo la extraña brisa,
la rojiza colina con sus pinos cargados de secretos,
te enviaban a mí, a mi afán ya caído,
como verdad tangible.

Expresión armoniosa de aquel mismo paraje,
entre los ateridos fantasmas que habitan nuestro mundo,
eras tú una verdad,
sola verdad que busco,
más que verdad de amor verdad de vida;
y olvidando que sombra y pena acechan de continuo
esa cúspide virgen de la luz y la dicha,
quise por un momento fijar tu curso ineluctable.

Creí en ti, muchachillo.

Cuando el mar evidente,
con el irrefutable sol de mediodía,
suspendía mi cuerpo
en esa abdicación del hombre ante su dios,
un resto de memoria
levantaba tu imagen como recuerdo único.

Y entonces,
con sus luces el violento Atlántico,
tantas dunas profusas, tu Conquero nativo,
estaban en mí mismo dichos en tu figura,
divina ya para mi afán con ellos,
porque nunca he querido dioses crucificados,
tristes dioses que insultan
esa tierra ardorosa que te hizo y deshace.

21 ala. RD3.
31 amor, RD3.

SOLILOQUIO DEL FARERO *

Cómo llenarte, soledad,
sino contigo misma...

De niño, entre las pobres guaridas de la tierra,
quieto en ángulo oscuro,
buscaba en ti, encendida guirnalda,
mis auroras futuras y furtivos nocturnos,
y en ti los vislumbraba,
naturales y exactos, también libres y fieles,
a semejanza mía,
a semejanza tuya, eterna soledad.

Me perdí luego por la tierra injusta
como quien busca amigos o ignorados amantes;
diverso con el mundo,
fui luz serena y anhelo desbocado,
y en la lluvia sombría o en el sol evidente
quería una verdad que a ti te traicionase,
olvidando en mi afán
cómo las alas fugitivas su propia nube crean.

Y al velarse a mis ojos
con nubes sobre nubes de otoño desbordado
la luz de aquellos días en ti misma entrevistos,
te negué por bien poco;
por menudos amores ni ciertos ni fingidos,
por quietas amistades de sillón y de gesto,
por un nombre de reducida cola en un mundo
fantasma,
por los viejos placeres prohibidos
como los permitidos nauseabundos,

* 24-9-1934; *1616* (Londres), I (1934), sin puntuación.
2 misma. RD3.
26 prohibidos, RD3.

útiles solamente para el elegante salón susurrado,
en bocas de mentira y palabras de hielo.

Por ti me encuentro ahora el eco de la antigua persona
que yo fui,
que yo mismo manché con aquellas juveniles traiciones;
por ti me encuentro ahora, constelados hallazgos,
limpios de otro deseo,
el sol, mi dios, la noche rumorosa,
la lluvia, intimidad de siempre,
el bosque y su alentar pagano,
el mar, el mar como su nombre hermoso;
y sobre todos ellos,
cuerpo oscuro y esbelto,
te encuentro a ti, tú, soledad tan mía,
y tú me das fuerza y debilidad
como al ave cansada los brazos de la piedra.

Acodado al balcón miro insaciable el oleaje,
oigo sus oscuras imprecaciones,
contemplo sus blancas caricias;
y erguido desde cuna vigilante
soy en la noche un diamante que gira advirtiendo a los hombres,
por quienes vivo, aun cuando no los vea;
y así, lejos de ellos,
ya olvidados sus nombres, los amo en muchedumbres,
roncas y violentas como el mar, mi morada,
puras ante la espera de una revolución ardiente
o rendidas y dóciles, como el mar sabe serlo
cuando toca la hora de reposo que su fuerza conquista.

41 tu soledad 1616.
46 Miro sus 1616.
55 del reposo 1616.

Tú, verdad solitaria,
transparente pasión, mi soledad de siempre,
eres inmenso abrazo;
el sol, el mar,
la oscuridad, la estepa,
el hombre y su deseo,
la airada muchedumbre,
¿qué son sino tú misma?

Por ti, mi soledad, los busqué un día;
en ti, mi soledad, los amo ahora.

EL VIENTO DE SEPTIEMBRE ENTRE LOS CHOPOS *

Por este clima lúcido,
furor estival muerto,
mi vano afán persigue
un algo entre los bosques.

Un no sé qué, una sombra,
cuerpo de mi deseo,
arbórea dicha acaso
junto a un río tranquilo.

Pero escucho; resuena
por el aire delgado,
estelar melodía,
un eco entre los chopos.

Oigo caricias leves,
oigo besos más leves;
por allá baten alas,
por allá van secretos.

65 Por ti 1616.
* 25-9-1934; *Tiempo presente* (Madrid), 1 (marzo, 1935), sin puntuación.

No, vosotros no sois,
arroyos taciturnos,
frágiles amoríos
como de sombra humana.

No, clara juventud,
no juguéis mi destino;
no busco vuestra gracia
ni esa breve sonrisa...

Corre allí, entre las cañas,
delirante armonía;
canta una voz, cantando
como yo mismo, lejos.

Hundo mi cabellera,
busco labios, miradas,
tras las inquietas hojas
de estos cuerpos esbeltos.

Ávido aspiro sombra;
oigo un afán tan mío...
Canta, deseo, canta
la canción de mi dicha.

Altas sombras mortales:
vida, afán, canto, cedo.
Quiero anegar mi espíritu
hecho gloria amarilla.

26 Susurrante armonía; RD3.
34 mío. RD3.
38 canto, os dejo. RD3.

NO ES NADA, ES UN SUSPIRO *

No es nada, es un suspiro,
pero nunca sació nadie esa nada
ni nadie supo nunca de qué alta roca nace.

Ni puedes tú saberlo, tú que eres
nuestro afán, nuestro amor,
nuestra angustia de hombres;
palabra que creamos
en horas de dolor solitario.

Un suspiro no es nada,
como tampoco es nada
el viento entre los chopos,
la bruma sobre el mar
o ese impulso que guía
un cuerpo hacia otro cuerpo.

Nada mi fe, mi llama,
ni este vivir oscuro que la lleva;
su latido o su ardor
no son sino un suspiro,
aire triste o risueño
con el viento que escapa.

Sombra, si tú lo sabes, dime;
deja el hondo fluir
libre sobre su margen invisible,
acuérdate del hombre que suspira
antes de que la luz vele su muerte,
vuelto él también latir de aire,
suspiro entre tus manos poderosas.

* 2-10-1934.

POR UNOS TULIPANES AMARILLOS *

Tragando sueño tras un vidrio impalpable,
entre las dobles fauces,
tuyas, pereza, de ti también, costumbre,
vivía en un país del claro sur
cuando a mí vino, alegre mensaje de algún dios,
no sé qué aroma joven,
hálito henchido de tibieza prematura.

No se advertía el eco de un remoto clima celeste
en la figura del etéreo visitante,
veíamos tan sólo
una luz virgen, pétalo voluptuoso toda ella,
que ondulaba en sus manos bajo la sonrisa insegura
como si temiera a la tierra.

Con gesto enamorado
me adelantó los tiernos fulgores vegetales,
sosteniendo su goteante claridad,
forma llena de seducción terrestre,
en unos densos tulipanes amarillos
erguidos como dichas entre verdes espadas.

Por un aletear de labio a labio
sellé el pacto, unidos el cielo con la tierra,
y entonces la vida abrió los ojos sin malicia,
con absorta delicadeza, como niño reciente.

Tendido en la yacija del mortal más sombrío
tuve tus alas, rubio mensajero,
en transporte de ternura y rencor entremezclado;

* 22-3-1935.
12 insegura, RD3.

y mordí duramente la verdad del amor para que no
pasara
y palpitara fija
en la memoria de alguien,
amante, dios o la muerte en su día.

Arrastrado en la ráfaga,
al cobrar pie entre los mirtos misteriosos
que sustentan la tierra con su terco alimento de sombras,
el claro visitante ya no estaba,
sólo una ligera embriaguez por la casa vacía.

Aún allí, sobre el cristal acuoso,
con esos bajos rayos que vierte un sol aterido,
los tulipanes de bordes requemados
dejaban escapar el terso espíritu.

Dura melancolía,
no en vano has criado con venenosa leche,
siempre tu núcleo seco
tropiezan nuestros dientes en la elástica carne de la dicha,
como semilla en la pulpa coloreada de algún fruto.

¿Dónde ocultar mi vida como un remordimiento?

Tú, lluvia que entierras este día primero de la ausencia,
como si nada ni nadie hubiera de amar más,
dame tierra, una llama, que traguen puramente
esas flores borrosas,
y con ellas
el peso de una dicha hurtada al rígido destino.

27 amor, RD3.
36 Mas todavía, sobre RD3.
44-45 en RD3 se suprime la separación estrófica entre estos versos.

LA GLORIA DEL POETA *

Demonio hermano mío, mi semejante,
te vi palidecer, colgado como la luna matinal,
oculto en una nube por el cielo,
entre las horribles montañas,
con una llama a guisa de flor tras la menuda oreja tentadora,
blasfemando lleno de dicha ignorante,
igual que un niño cuando entona su plegaria,
y burlándote cruelmente al contemplar mi cansancio de la tierra.

Mas no eres tú,
amor mío hecho eternidad,
quien deba reír de este sueño, de esta impotencia, de esta caída,
porque somos chispas de un mismo fuego
y un mismo soplo nos lanzó sobre las ondas tenebrosas
de una extraña creación, donde los hombres
se acaban como un fósforo al trepar los fatigosos años de sus vidas.

Tu carne como la mía
desea tras el agua y el sol el roce de la seda;
nuestra palabra anhela
el muchacho semejante a una rama florida
que pliega la gracia de su aroma y color en el aire cálido de mayo;
nuestros ojos el mar monótono y diverso,
poblado por el grito de las aves grises en la tormenta,
nuestra mano hermosos versos que arrojar al desdén de los hombres.

* 25-3-1935; *1616* (Londres), VIII (1935), sin puntuación.
5 Una llama RD3.
17 el roce de la sombra; RD3.
22 de la tormenta 1616.

Los hombres tú los conoces, hermano mío;
mírales cómo enderezan su invisible corona
mientras se borran en la sombra con sus mujeres al brazo,
carga de suficiencia inconsciente,
llevando a comedida distancia del pecho,
como sacerdotes católicos la forma de su triste dios,
los hijos conseguidos en unos minutos que se hurtaron
  al sueño
para dedicarlos a la cohabitación, en la densa tiniebla
  conyugal
de sus cubiles, escalonados los unos sobre los otros.

Mírales perdidos en la naturaleza,
cómo enferman entre los graciosos castaños o los
  taciturnos plátanos,
cómo levantan con avaricia el mentón,
sintiendo un miedo oscuro morderle los talones;
mira cómo desertan de su trabajo el séptimo día
  autorizado,
mientras la caja, el mostrador, la clínica, el bufete,
  el despacho oficial
dejan pasar el aire con callado rumor por su ámbito
  solitario.

Escúchales brotar interminables palabras
aromatizadas de facilidad violenta,
reclamando un abrigo para el niñito encadenado bajo
  el sol divino
o una bebida tibia, que resguarde aterciopeladamente
el clima de sus fauces,
a quienes dañaría la excesiva frialdad del agua
  natural.

29 Dios 1616.
34 plátanos RD3.
36 morderles RD3.
42 para el niño RD4 (debe de ser un error).

Oye sus marmóreos preceptos
sobre lo útil, lo normal y lo hermoso;
óyeles dictar la ley al mundo, acotar el amor, dar canon a la belleza inexpresable,
mientras deleitan sus sentidos con altavoces delirantes;
contempla sus extraños cerebros
intentando levantar, hijo a hijo, un complicado edificio de arena
que negase con torva frente lívida la refulgente paz de las estrellas.

Esos son, hermano mío,
los seres con quienes muero a solas,
fantasmas que harán brotar un día
el solemne erudito, oráculo de estas palabras mías ante alumnos extraños,
obteniendo por ello renombre,
más una pequeña casa de campo en la angustiosa sierra inmediata a la capital;
en tanto tú, tras irisada niebla,
acaricias los rizos de tu cabellera
y contemplas con gesto distraído desde la altura
esta sucia tierra donde el poeta se ahoga.

Sabes sin embargo que mi voz es la tuya,
que mi amor es el tuyo;
deja, oh, deja por una larga noche
resbalar tu cálido cuerpo oscuro,
ligero como un látigo,
bajo el mío, momia de hastío sepulta en anónima yacija,
y que tus besos, ese venero inagotable,
viertan en mí la fiebre de una pasión a muerte entre los dos;
porque me cansa la vana tarea de las palabras,

53-54 en *1616* forman un solo verso.
59-60 en *1616* forman un solo verso.

como al niño las dulces piedrecillas
que arroja a un lago, para ver estremecerse su calma
con el reflejo de una gran ala misteriosa.

Es hora ya, es más que tiempo
de que tus manos cedan a mi gloria
el flamígero puñal codiciado del poeta,
de que lo hundas, con sólo un golpe limpio,
en este pecho sonoro y vibrante, idéntico a un laúd,
donde la muerte únicamente,
la muerte únicamente,
puede hacer resonar la melodía prometida.

DANS MA PÉNICHE *

Quiero vivir cuando el amor muere;
muere, muere pronto, amor mío.
Abre como una cola la victoria purpúrea del deseo,
aunque el amante se crea sepultado en un súbito
otoño,
aunque grite:
Vivir así es cosa de muerte.

Pobres amantes,
clamáis a fuerza de ser jóvenes;
sea propicia la muerte al hombre a quien mordió la
vida,
caiga su frente cansadamente entre las manos

76 cedan a mi vida RD3.
77 El amargo puñal codiciado del poeta; RD3.
78 de un solo golpe limpio 1616.
82 Hará resonar 1616.
* 23-6-1935; en RD3 se introduce la dedicatoria: "A Rosa Chacel".
6 en RD3 se sustituye la cursiva con comillas.

junto al fulgor redondo de una mesa con cualquier triste libro;
pero en vosotros aún va fresco y fragante
el leve perejil que adorna un día al vencedor adolescente.
Dejad por demasiado cierta la perspectiva de alguna nueva tumba solitaria,
aún hay dichas, terribles dichas a conquistar bajo la luz terrestre.

Ante vuestros ojos, amantes,
cuando el amor muere,
la vida de la tierra y la vida del mar palidecen juntamente;
el amor, cuna adorable para los deseos exaltados,
los ha vuelto tan lánguidos como pasajeramente suele hacerlo
el rasguear de una guitarra en el ocio marino
y la luz del alcohol, aleonado como una cabellera;
vuestra guarida melancólica se cubre de sombras crepusculares;
todo queda afanoso y callado.
Así suele quedar el pecho de los hombres
cuando cesa el tierno borboteo de la melodía confiada,
y tras su delicia interrumpida
un afán insistente puebla el nuevo silencio.

Pobres amantes,
¿de qué os sirvieron las infantiles arras que cruzasteis,
cartas, rizos de luz recién cortada, seda cobriza o negra ala?
Los atardeceres de manos furtivas,
el trémulo palpitar, los labios que suspiran,
la adoración rendida a un leve sexo vanidoso,

22 aleonada RD3.

los ay mi vida y los ay muerte mía,
todo, todo,
amarillea y cae y huye con el aire que no vuelve.

Oh amantes,
encadenados entre los manzanos del edén,
cuando el amor muere,
vuestra crueldad, vuestra piedad pierde su presa,
y vuestros brazos caen como cataratas macilentas,
vuestro pecho queda como roca sin ave,
y en tanto despreciáis todo lo que no lleve un velo funerario,
fertilizáis con lágrimas la tumba de los sueños,
dejando allí caer, ignorantes como niños,
la libertad, la perla de los días.

Pero tú y yo sabemos,
río que bajo mi casa fugitiva deslizas tu vida experta,
que cuando el hombre no tiene ligados sus miembros por las encantadoras mallas del amor,
cuando el deseo es como una cálida azucena
que se ofrece a todo cuerpo hermoso que fulja a nuestro lado,
cuánto vale una noche como ésta, indecisa entre la primavera última y el estío primero,
este instante en que oigo los leves chasquidos del bosque nocturno,
conforme conmigo mismo y con la indiferencia de los otros,
solo yo con mi vida,
con mi parte en el mundo.

Jóvenes sátiros
que vivís en la selva, labios risueños ante el exangüe dios cristiano,
a quien el comerciante adora para mejor cobrar su mercancía,
pies de jóvenes sátiros,
danzad más presto cuando el amante llora,

mientras lanza su tierna endecha
de: *Ah, cuando el amor muere.*
Porque oscura y cruel la libertad entonces ha nacido;
vuestra descuidada alegría sabrá fortalecerla,
y el deseo girará locamente en pos de los hermosos cuerpos
que vivifican el mundo un sólo instante.

EL JOVEN MARINO *

El mar, y nada más.

Insaciable, insaciable.
Con pie desnudo ibas sobre la olvidadiza arena,
dulcemente trastornado, tal el hombre cuando un placer espera,
tu cabello seguía la invocación frenética del viento,
todo tú vuelto apasionado albatros:
a quien su trágico desear brotaba en alas,
al único maestro respondías:
el mar, única criatura
que pudiera asumir tu vida poseyéndote.

Tuyo sólo en los ojos no te bastaba,
ni en el ligero abrazo del nadador indiferente;
lo querías aún más:
sus infalibles labios transparentes contra los tuyos ávidos,

64 en RD3 se sustituye la cursiva con comillas.
* 27-6-1935; publicado como libro por Ediciones Héroe, Madrid, 1936.
4 como el hombre RD3.
5 viento; JM, RD3.
6 albatros, JM, RD3.
14 ávidos. RD3.

tu quebrada cintura contra el argénteo escudo de su vientre,
y la vida escapando,
como sangre sin cárcel,
desde el fatal olvido en que caías.

Ahí estás ya.
No puedes recordar,
porque ahora tú mismo eres quieto recuerdo;
y aquella remota belleza,
en tu cuerpo cifrada como feliz columna,
hoy sólo alienta en mí,
en mí que la revivo bajo esta oscura forma,
que cuando tú vivías
sobre un ara invisible te adivinaba erguido.

No te bastaba
el sol de lengua ardiente sobre el negro diamante de tu piel,
a lo largo de tantas lentas mañanas, ganadas en ocio celeste,
llenas de un áureo polen, igual que la corola de alguna flor feliz,
de reposo divino, divina indiferencia;
caído el cuerpo flexible y seguro, tal un arma mortal,
ante la gran criatura enigmática, el mar inexpresable,
sin deseo ni pena, como un dios,
que sin embargo hubiera conocido, a semejanza del hombre,
nuestros deseos estériles, nuestras penas perdidas.

Mira también hacia lo lejos
aquellas oscuras tardes, cuando severas nubes,
denso enjambre de negras alas,
silencio y zozobra vertían sobre el mar;

33 como un arma RD3.
35 igual a un dios, RD3.

y en tanto las gaviotas encarnaban la angustia del aire invadido por la tempestad,
recuérdale agitado, sacudiendo su entraña,
como un demente que quisiera arrancar en la luz
el núcleo secreto de su mal,
torciendo en olas su pálido cuerpo,
su inagotable cuerpo dolido,
trastornado ante tu amor, también inagotable,
sin que pudieras llevar sobre su frente atormentada
la concha protectora de una mano.

Las gracias vagabundas de abril
abrieron sus menudas hojas sobre la arena perezosa;
una juventud nueva corría por las venas de los hombres invernales.
Escapaban timideces, escalofríos, pudores
ante el puñal radiante del deseo,
palabra ensordecedora para la criatura dolida en cuerpo y espíritu
por las terribles mordeduras del amor,
porque el deseo se yergue sobre los despojos de la tormenta
cuando arde el sol en las playas del mundo.

Mas ¿qué importan a mi vida las playas del mundo?
Es ésta solamente quien clava mi memoria,
porque en ella te vi cruzar, sombrío como una negra aurora,
arrastrando las alas de tu belleza
sobre su dilatada curva, semejante a una pomposa rama
abierta bajo la luz,

42 por la tormenta, RD3.
43 agitado, al mar, sacudiendo RD3.
44 Como demente RD3.
52 perezosa. RD3.
53 invernales; RD3.
63 tu hermosura RD3.

con su armadura de altas rocas
caída hacia las dunas de adelfas y de palmas,
en un lánguido país del perezoso sur.

Aún ven mis ojos las salinas de sonrosadas aguas,
los leves molinos de viento
y aquellos menudos cuerpos oscuros,
parsimoniosamente movibles,
junto a los luminosos bueyes fulvos,
transportando los lunáticos bloques de sal
sobre las vagonetas, tristes como todo lo que pertenece a los trabajos de la tierra,
hasta las anchas barcas resbaladizas sobre el pecho del mar.

Quién podría vivir en la tierra
si no fuera por el mar...

Cuántas veces te vi,
acariciados los ligeros tobillos por el ancho círculo de tu pantalón marino,
el pecho y los hombros dilatados sobre la armoniosa cintura,
cubierto voluptuosamente de lana azul como de yedra,
el desdén esculpido sobre los duros labios,
anegarte frente al mar en una contemplación
más honda que la del hombre frente al cuerpo que ama.

Cambiantes sentimientos nos enlazan con este o aquel cuerpo,
y todos ellos no son sino sombras que velan
la forma suprema del amor, que por sí mismo late,
ciego ante las mudanzas de los cuerpos,
iluminado por el ardor de su propia llama invencible.

68 En lánguido paraje del RD3.
73 a los bueyes fulvos, RD3.
76 barcas, JM.
78 mar. RD3.

Yo te adoraba como cifra de todo cuerpo bello,
sin velos que mudaran la recóndita imagen del amor;
más que al mismo amor, más, ¿me oyes?
insaciable como tú mismo,
inagotable como tú mismo;
aun sabiendo que el mar era el único ser de la creación digno de ti
y tu cuerpo el único digno de su inhumana soberbia.

Era el atardecer. Las aves del día
huyeron ante el furtivo pensamiento de la sombra.
Los hombres descansaban en sus cabañas,
entre la mujer y los hijos,
desnudos los pies bajo la luz funeral del acetileno,
acechando el sueño en sus yacijas junto al mar;
como si no pudieran dormir lejos de lo que les hace vivir
y de lo que les hace morir.

Un gran silencio, una gran calma
daba con su presencia el mar;
pero también latía por el aire adormecido y fresco del letal anochecer
un miedo oscuro
de no sabemos qué pálidos gigantes,
dueños de grisáceas serpientes y negros hipocampos,
abriendo las sombrías aguas,
en lucha sus miembros retorcidos con rebeldes potencias animales del abismo.

Las barcas, como leves espectros,
surgían lentamente desde la arena soñolienta
sus voluptuosos cuerpos tibios,

93 oyes?, RD3.
110 A no se sabe qué RD3.
115 soñolienta, RD3.
116 Voluptuosos RD3.

con la gracia animal que sabe volver los ojos
  implorantes
hacia las manos de su dueño, dispensadoras de
  protección y de caricias,
pensando tristemente que se alejan sin poder
  retenerlas.

No a estas horas,
no a estas horas de tregua cobarde,
al amanecer es cuando debías ir hacia el mar, joven
  marino,
desnudo como una flor;
y entonces es cuando debías amarle, cuando el mar
  debía poseerte,
cuerpo a cuerpo,
hasta confundir su vida con la tuya
y despertar en ti su inmenso amor
el breve espasmo de tu placer sometido,
desposados el uno con el otro,
vida con vida, muerte con muerte.

Y una vez, como rosa dejada,
flotó tu cuerpo, apenas deformado por las nupciales
  caricias del mar,
más pálidos los labios, lo mismo que si hubieran
  dado paso
a toda su pasión, el ave de la vida;
igualmente bello así, joven marino,
desgarradoramente triste con tu belleza inhabitada,
como al tornasolar la vida tus miembros melodiosos.

Cambian las vidas, pero la muerte es única.
Aún oigo aquella voz exangüe, que en su vago
  delirio

117 gracia del animal RD3.
119 Y piensa tristemente RD3.
135 hermoso así, RD3.
137 Como cuando tornasolaba la vida RD3.

llegó hasta mí, a través de las velas caídas en la
arena, como alas arrancadas;
alguien que conocía tu ausencia, porque sus ojos
te vieron muerto, tal una rosa abandonada sobre
el mar,
decía lentamente: *Era más ligero que el agua.*

Qué desiertos los hombres,
cómo chocan sin verse unos a otros sus frentes de
vergüenza,
y cuán dulce será rodar, igual que tú, del otro lado,
en el olvido.
Así tu muerte despierta en mí el deseo de la muerte,
como tu vida despertaba en mí el deseo de la vida.

HIMNO A LA TRISTEZA *

Fortalecido estoy contra tu pecho
de augusta piedra fría,
bajo tus ojos crepusculares,
oh madre inmortal.

Desengañada alienta en ti mi vida,
oyendo en el pausado retiro nocturno
ligeramente resbalar las pisadas
de los días juveniles, que se alejan
apacibles y graves, en la mirada,
con una misma luz, compasión y reproche;
y van tras ellos como irisado humo
los sueños creados con mi pensamiento,
los hijos del anhelo y la esperanza.

142 en RD3 se sustituye la cursiva con comillas.
144 vergüenza JM.
* 28-10-1935; *Caballo verde para la poesía* (Madrid), 2 (noviembre, 1935).
8 juveniles CVPP.
11 ellos, como irisado humo, RD3.

La soledad poblé de seres a mi imagen
como un dios aburrido;
los amé si eran bellos,
mi compañía les di cuando me amaron,
y ahora como ese mismo dios aislado estoy,
inerme y blanco tal una flor cortada.

Olvidándome voy en este vago cuerpo,
nutrido por las hierbas leves
y las brillantes frutas de la tierra,
el pan y el vino alados,
en mi nocturno lecho a solas.

Hijo de tu leche sagrada,
el esbelto mancebo
hiende con pie inconsciente
la escarpada colina,
salvando con la mirada en ti
el laurel frágil y la espina insidiosa.

Al amante aligeras las atónitas horas
de su soledad, cuando en desierta estancia
la ventana, sobre apacible naturaleza,
bajo una luz lejana,
ante sus ojos nebulosos traza
con renovado encanto verdeante
la estampa inconsistente de su dicha perdida.

Tú nos devuelves vírgenes las horas
del pasado, fuertes bajo el hechizo
de tu mirada inmensa,
como guerrero intacto
en su fuerza desnudo tras de broquel broncíneo,
serenos vamos bajo los blancos arcos del futuro.

20 cuerpo CVPP.
35 Traza ante sus ojos nebulosos CVPP.
37 La estampa inconsciente de RD3.
39 pasado; RD3.

Ellos, los dioses, alguna vez olvidan
el tosco hilo de nuestros trabajados días,
pero tú, celeste donadora recóndita,
nunca los ojos quitas de tus hijos
los hombres, por el mal hostigados.

Viven y mueren a solas los poetas,
restituyendo en claras lágrimas
la polvorienta agua salobre,
y en alta gloria resplandeciente
la esquiva ojeada del magnate henchido,
mientras sus nombres suenan
con el viento en las rocas,
entre el hosco rumor de torrentes oscuros,
allá por los espacios donde el hombre
nunca puso sus plantas.

¿Quién sino tú cuidas sus vidas, les da fuerzas
para alzar la mirada entre tanta miseria,
en la hermosura perdidos ciegamente?
¿Quién sino tú, amante y madre eterna?

Escucha cómo avanzan las generaciones
sobre esta remota tierra misteriosa;
marchan los hombres hostigados
bajo la yerta sombra de los antepasados,
y el cuerpo fatigado se reclina
sobre la misma huella tibia
de otra carne precipitada en el olvido.

Luchamos por fijar nuestro anhelo,
como si hubiera alguien, más fuerte que nosotros,
que tuviera en memoria nuestro olvido;

51 salobre CVPP.
59 cuida sus RD3.
65 Marchan hostigados los hombres RD3.
70 Luchan algunos por RD3; anhelo CVPP.

porque dulce será anegarse
en un abrazo inmenso,
vueltos niebla con luz, agua en la tormenta;
grato ha de ser aniquilarse,
marchitas en los labios las delirantes voces.
Pero aún hay algo en mí que te reclama
conmigo hacia los parques de la muerte
para acallar el miedo ante la sombra.

¿Dónde floreces tú, como vaga corola
henchida del piadoso aroma que te alienta
en las nupcias terrenas con los hombres?
No eres hiel ni eres pena, sino amor de justicia
imposible,
tú, la compasión humana de los dioses.

A LAS ESTATUAS DE LOS DIOSES *

Hermosas y vencidas soñáis,
vueltos los ciegos ojos hacia el cielo,
mirando las remotas edades
de titánicos hombres,
cuyo amor os daba ligeras guirnaldas
y la olorosa llama se alzaba
hacia la luz divina, su hermana celeste.

Reflejo de vuestra verdad, las criaturas
adictas y libres como el agua iban;
aún no había mordido la brillante maldad

75 Vuelto RD3.
77-78 en RD3 se introduce separación estrófica entre estos versos.
78 Mas todavía hay en mí algo que RD3.
80-81 en RD3 se suprime separación estrófica entre estos versos.
* 8-11-1935.

sus cuerpos llenos de majestad y gracia.
En vosotros creían y vosotros existíais;
la vida no era un delirio sombrío.

La miseria y la muerte futuras,
no pensadas aún, en vuestras manos
bajo un inofensivo sueño adormecían
sus venenosas flores bellas,
y una y otra vez el mismo amor tornaba
al pecho de los hombres,
tal un ave fiel que vuelve al nido
cuando el día, entre las altas ramas,
con apacible risa va entornando los ojos.

Eran tiempos heroicos y frágiles,
deshechos con vuestro poder como un sueño feliz.
Hoy yacéis, mutiladas y oscuras,
entre los grises jardines de las ciudades,
piedra inútil que el soplo celeste no anima,
abandonadas de la súplica y la humana esperanza.

La lluvia con la luz resbalan
sobre tanta muerte memorable,
mientras desfilan a lo lejos muchedumbres
que antaño impíamente desertaron
vuestros marmóreos altares,
santificados en la memoria del poeta.

Tal vez su fe os devuelva el cielo.
Mas no juzguéis por el rayo, la guerra o la peste
una triste humanidad decaída;
impasibles reinad en el divino espacio.
Distraiga con su gracia el bello copero
la cólera de vuestro poder que despierta.

20 Como ave RD3.
36 o la plaga RD3.
39 el copero solícito RD3.

En tanto el poeta, en la noche otoñal,
bajo el blanco embeleso lunático,
mira las ramas que el verdor abandona
nevarse de luz beatamente,
y sueña con vuestro trono de oro
y vuestra faz cegadora,
lejos de los hombres,
allá en la altura impenetrable.

ÍNDICE DE PRIMEROS VERSOS

ÍNDICE DE LÁMINAS

ESTE LIBRO
SE TERMINÓ DE IMPRIMIR
EL DÍA 2 DE SEPTIEMBRE DE 1991

clásicos castalia

ÚLTIMOS TÍTULOS PUBLICADOS

127 / Joan Maragall
OBRA POÉTICA
Edición, introducción y notas de Antoni Comas.
Edición bilingüe, traducción al castellano de J. Vidal Jové.

128 / Tirso de Molina
LA HUERTA DE JUAN FERNÁNDEZ
Edición, introducción y notas de Berta Pallarés.

129 / Antonio de Torquemada
JARDÍN DE FLORES CURIOSAS
Edición, introducción y notas de Giovanni Allegra.

130 / Juan de Zabaleta
EL DÍA DE FIESTA POR LA MAÑANA Y POR LA TARDE
Edición, introducción y notas de Cristóbal Cuevas.

131 / Lope de Vega
LA GATOMAQUIA
Edición, introducción y notas de Celina Sabor de Cortázar.

132 / Rubén Darío
PROSAS PROFANAS
Edición, introducción y notas de Ignacio de Zuleta.

133 / LIBRO DE CALILA E DIMNA
Edición, introducción y notas de María Jesús Lacarra y José Manuel Cacho Blecua.

134 / Alfonso X
LAS CANTIGAS
Edición, introducción y notas de W. Mettman.

135 / Tirso de Molina
LA VILLANA DE LA SAGRA
Edición, introducción y notas de Berta Pallarés.

136 / POESÍA DE LA EDAD DE ORO, II: BARROCO
Edición, introducción y notas de José Manuel Blecua.

137 / Luis de Góngora
LAS FIRMEZAS DE ISABELA
Edición, introducción y notas de Robert Jammes.

138 / Gustavo Adolfo Bécquer
DESDE MI CELDA
Edición, introducción y notas de Darío Villanueva.

139 / Castillo Solórzano
LAS HARPÍAS DE MADRID
Edición, introducción y notas de Pablo Jauralde.

140 / Camilo José Cela
LA COLMENA
Edición, introducción y notas de Raquel Asún.

141 / Juan Valera
JUANITA LA LARGA
Edición, introducción y notas de Enrique Rubio.

142 / Miguel de Unamuno
ABEL SÁNCHEZ
Edición, introducción y notas de José Luis Abellán.

143 / Lope de Vega
CARTAS
Edición, introducción y notas de Nicolás Marín.

144 / Fray Toribio de Motolinía
HISTORIA DE LOS INDIOS DE LA NUEVA ESPAÑA
Edición, introducción y notas de Georges Baudot

145 / Gerardo Diego
ÁNGELES DE COMPOSTELA. ALONDRA DE VERDAD
Edición, introducción y notas de Francisco Javier Díez de Revenga

146 / Duque de Rivas
DON ÁLVARO O LA FUERZA DEL SINO
Edición, introducción y notas de Donald L. Shaw.

147 / Benito Jerónimo Feijoo
TEATRO CRÍTICO UNIVERSAL
Edición, introducción y notas de Giovanni Stiffoni.

148 / Ramón J. Sender
MISTER WITT EN EL CANTÓN
Edición, introducción y notas de José María Jover Zamora.

149 / Sem Tob
PROVERBIOS MORALES
Edición, introducción y notas de Sanford Shepard.

150 / Cristóbal de Castillejo
DIÁLOGO DE MUJERES
Edición, introducción y notas de Rogelio Reyes Cano.

151 / Emilia Pardo Bazán
LOS PAZOS DE ULLOA
Edición, introducción y notas de Marina Mayoral.

152 / Dámaso Alonso
HIJOS DE LA IRA
Edición, introducción y notas de Miguel J. Flys.

153 / Enrique Gil y Carrasco
EL SEÑOR DE BEMBIBRE
Edición, introducción y notas de J. L. Picoche

154 / Santa Teresa de Jesús
LIBRO DE LA VIDA
Edición, introducción y notas de Otger Steggink

155 / NOVELAS AMOROSAS DE DIVERSOS INGENIOS
Edición, introducción y notas de E. Rodríguez

156 / Pero López de Ayala
RIMADO DE PALACIO
Edición, introducción y notas de G. de Orduna

157 / LIBRO DE APOLONIO
Edición, introducción y notas de Carmen Monedero.

158 / Juan Ramón Jiménez
SELECCIÓN DE POEMAS
Edición, introducción y notas de Gilbert Azam.

159 / César Vallejo
POEMAS HUMANOS. ESPAÑA. APARTA DE MÍ ESTE CÁLIZ
Edición, introducción y notas de Francisco Martínez García

160 / Pablo Neruda
VEINTE POEMAS DE AMOR Y UNA CANCIÓN DESESPERADA
Edición, introducción y notas de Hugo Montes

161 / Juan Ruiz, Arcipreste de Hita
LIBRO DE BUEN AMOR
Edición, introducción y notas de G B. Gybbon-Monypenny.

162 / Gaspar Gil Polo
LA DIANA ENAMORADA
Edición, introducción y notas de Francisco López Estrada.

163 / Antonio Gala
LOS BUENOS DÍAS PERDIDOS. ANILLOS PARA UNA DAMA
Edición, introducción y notas de Andrés Amorós.

164 / Juan de Salinas
POESÍAS HUMANAS
Edición, introducción y notas de Henry Bonneville.

165 / José Cadalso
AUTOBIOGRAFÍA. NOCHES LÚGUBRES
Edición, introducción y notas de Manuel Camarero

166 / Gabriel Miró
NIÑO Y GRANDE
Edición, introducción y notas de Carlos Ruiz Silva

167 / José Ortega y Gasset
TEXTOS SOBRE LA LITERATURA Y EL ARTE
Edición, introducción y notas de E. Inman Fox.

168 / Leopoldo Lugones
CUENTOS FANTÁSTICOS
Edición, introducción y notas de Pedro Luis Barcia.

169 / Miguel de Unamuno
TEATRO. LA ESFINGE. LA VENDA. FEDRA
Edición, introducción y notas de José Paulino Ayuso.

170 / Luis Vélez de Guevara
EL DIABLO COJUELO
Edición, introducción y notas de Ángel R. Fernández González e Ignacio Arellano.

171 / Fedrico García Lorca
PRIMER ROMANCERO GITANO. LLANTO POR IGNACIO SÁNCHEZ MEJÍAS
Edición, introducción y notas de Miguel García-Posada.

172 / Alfonso X (vol. II)
LAS CANTIGAS
Edición, introducción y notas de W. Mettmann.

173 / CÓDICE DE AUTOS VIEJOS
Selección
Edición, introducción y notas de Miguel Ángel Priego.

174 / Juan García Hortelano
TORMENTA DE VERANO
Edición, introducción y notas de Antonio Gómez Yebra.

175 / Vicente Aleixandre
AMBITO
Edición, introducción y notas de Alejandro Duque Amusco.

176 / Jorge Guillén
FINAL
Edición, introducción y notas de Antonio Piedra.

177 / Francisco de Quevedo
EL BUSCÓN
Edición, introducción y notas de Pablo Jaural de Pou.

178 / Alfonso X, el sabio
CANTIGAS DE SANTA MARÍA (cantigas 261 a 427), III
Edición, introducción y notas de Walter Mettmann.

179 / Vicente Huidobro
ANTOLOGÍA POÉTICA
Edición, introducción y notas de Hugo Montes.

180 / CUENTOS MODERNISTAS HISPANOAMERICANOS
Edición, introducción y notas de Enrique Marini-Palmieri.

181 / San Juan de la Cruz
POESÍAS
Edición, introducción y notas de Paola Elía.

182 / Luis Carrillo y Sotomayor
OBRAS
Edición, introducción y notas de Rosa Navarro Durán.

183 / Ricardo Güiraldes
DON SEGUNDO SOMBRA
Edición, introducción y notas de Ángela B. Dellepiane

184 / Adolfo Bioy Casares
LA TRAMA CELESTE
Edición, introducción y notas de Pedro Luis Barcia

185 / Horacio Quiroga
LOS DESTERRADOS Y OTROS TEXTOS
Edición, introducción y notas de Jorge Lafforgue

186 / Enrique Jardiel Poncela
USTED TIENE OJOS DE MUJER FATAL. ANGELINA O EL HONOR DE UN BRIGADIER
Edición, introducción y notas de Antonio A. Gómez Yebra

187 / Tirso de Molina
DON GIL DE LAS CALZAS VERDES
Edición, introducción y notas de Alonso Zamora Vicente

188 / Carlos Bousoño
ODA EN LA CENIZA. LAS MONEDAS CONTRA LA LOSA
Edición, introducción y notas de Irma Emiliozzi

189 / Armando Palacio Valdés
LA ESPUMA
Edición, introducción y notas de Guadalupe Gómez-Ferrer Morant